AF435877

Cattiva

susanna barbaglia

#readingwithlove

Tutti i diritti sono riservati incluso il diritto di riproduzione integrale o parziale in qualsiasi forma.

#readingwithlove è un marchio registrato

All rights reserved

**Editing, illustrazione, grafica di copertina e produzione
Alessandro Nodari**

© 2021 #readingwithlove

Seguici su Facebook (Reading with love),
Instagram (readingwithlove_official) e
www.readingithlove.it

A Theodoros,
il mio cane.
Con lui le mie visioni
si moltiplicano

Adesso

Avete mai pensato che certe connotazioni caratteriali che vi inculcano nell'infanzia, rimarranno un imprinting inamovibile che vi accompagnerà per tutta la vita? Come un marchio che inevitabilmente snaturerà non solo le percezioni che gli altri hanno di voi, ma soprattutto quelle che avete di voi stessi?

Io non *so se sono cattiva, eppure tutti lo pensano, o meglio, lo devono pensare di default.*

Perché?

Perché i miei genitori hanno sempre desiderato una bambina cattiva. *E io sono diventata il loro perfetto sogno realizzato.*

Mamma e papà si dicevano entusiasti di certi miei atteggiamenti ribelli e aggressivi, a loro piacevano davvero. Li provocavano e li coltivavano, addirittura.

Sono stata una bambina molto amata e spronata con forza e determinazione dagli adulti di riferimento a esprimere una malvagità che in realtà non ho mai definitivamente riconosciuto in me.

Se non fosse così pensereste davvero che oggi mi troverei qui?

Ancora con lei?

PRIMA PARTE

L'ARIA

("La mia anima è nel cielo", William Shakespeare)

2007

1

Suffolk

"Donnelly Court"

È capitato per uno straordinario caso che una pietra d'angolo dell'antico camino si sia staccata improvvisamente. Nella vasta camera da letto il rumore le è sembrato quasi uno schianto.

Megan esce dal bagno di corsa, spaventata. A parte i domestici, a quest'ora impegnati nelle pulizie al pianoterra, è completamente sola nell'area notte della villa.

E lo vede immediatamente quel buco sul fianco del camino. Si avvicina. È una vera e propria nicchia. Senza esitazione ci infila una mano, tasta nel vano con un po' di timore e proprio sul fondo avverte la consistenza di un grande quaderno. Lo estrae, accertandosi prima che non ci sia altro. Poi lo sfoglia con molta delicatezza: la carta è fragile, usata, ingiallita, a righe.

Le appare subito un'unica lunga sequenza di nomi tedeschi scritti a mano accanto a fotografie e sigle impossibili da interpretare.

Megan sistema il vecchio registro dentro la custodia del suo notebook e lo nasconde nel sottofondo della valigia che si è fatta fare appositamente per custodire nei viaggi gioielli, documenti o effetti personali.

Inutile pensarci adesso. Ha poco tempo, ci ragionerà in un momento migliore, al suo ritorno a Londra. E poi, se mai, ne parlerà a Colin. Deve farsene prima un'idea sua.

2009

2

Maremma

Lisa

Manca un mese a Natale e loro sono già pronti con i crocifissi a testa in giù, le riunioni al lume dei ceri con tutti quei matti arrivati con polli da sgozzare, candele nere, catene al collo.

«Lisa vieni a salutare!».

Vorrei stare qui, in giardino, con te, il mio cavallo e i miei cani. Accidenti.

Vorrei avere amici *normali* come i tuoi, poterli invitare. E non essere costretta a vedere in segreto persino te, la mia amica del cuore, in questo angolo nascosto dietro casa.

Vorrei ballare, cantare, ridere.

Invece, che palle. Con i capelli appositamente arruffati (devono sembrare sporchi) e una tutina nera (mi hanno *sempre* vestita di nero) sono pronta da stamattina per la consueta farsa.

Dimmi Tess, perché non so ancora dire di no?

«Ma quanto è bella, così riccia, così bruna, così *nera*. E che aria *perfida*!».

«Lisa *è* perfida, Claudia».

La vedi lì mia madre a sottolineare ancora una volta la mia caratteristica suprema sotto lo sguardo compiaciuto di mio padre, silenzioso, appoggiato con un ghigno al muro della nostra cascina?

Io taccio e abbozzo il solito sorriso traverso (l'ho imparato da piccolissima).

Tu ormai lo sai che miei si divertono così, a fare i satanisti, e a me scappa da ridere, anche se lo faccio in silenzio o solo con te.

Pare che in questa dolcissima valle Toscana il culto di Satana sia un *mood* abbastanza diffuso, di moda insomma.

Sono sempre stata circondata dal nero così in contrasto con i colori e i profumi che premono alle nostre finestre come sorrisi.

La mia culla era nera (forse speravano in una specie di *Rosemary's baby*, film che mi avranno fatto vedere un migliaio di volte), le tende sono nere come quasi tutte le pareti. Neri i divani e neri i coordinati dei letti.

Nero. Tutto rigorosamente nero.

E rosso. Il rosso del sangue degli animali che sacrificano nei loro riti ai quali mi obbligano ad assistere. Ok ok, so che non ne vuoi sentire parlare. Scusami Tess.

Anch'io odio il nero, odio il sangue, ma non lo posso dire.

Anch'io amo gli animali, anzi li adoro, ma non lo posso dire.

Fino a quando?

Dimmi Tess, fino a quando?

Tess

«Buongiorno signora, sono Tess».

«Buongiorno cara, ma che vocina hai oggi?»».

«Volevo augurarle buon Natale».

«Buon Natale a me? Grazie! *Ah ah ah*».

«E poi volevo dirle che Lisa soffre, ma non le dica che le ho telefonato».

«Soffre? E perché?».

«Dice che non sa se è davvero *cattiva* come vuole lei».

«Lisa è una bambina visionaria, racconta cose che non esistono e che non dovrebbe dire e comunque non mi interessa fare questo discorso con te. Sei molto sfacciata. Smettila di telefonarmi e stai alla larga da Lisa o ti caccerò io, a modo mio».

2017

3

Londra

"È MORTO L'ULTIMO DEI "SECRET LISTENERS": SPIAVANO I GENERALI NAZISTI CHIUSI IN VILLE DI LUSSO. E SCOPRIRONO V2 E LAGER

"Fritz Lustig aveva 98 anni: rifugiato dalla Germania, era diventato un agente segreto di Sua Maestà. Ma, come altri cento tedeschi diventati inglesi, ha combattuto senza pistole e carrarmati. Piuttosto con le cuffie alle orecchie. Nei sotterranei ascoltava e traduceva le conversazioni tra gli alti ufficiali del Reich prigionieri in ville extralusso dove li aveva chiusi Churchill. E loro, i nazisti, ci cascarono cominciando a parlare di tutti i segreti militari".

Da *"Il Fatto Quotidiano"*, di Ilaria Lonigro, 26 dicembre 2017.

Colin

L'ufficio di quell'uomo lo mette sempre a disagio. Sarà perché non ha finestre? Colin si siede davanti all'antica scrivania di mogano, dopo aver allungato una mano che l'altro ignora ed esordisce con un sorriso tirato: «Allora ci siamo. Il momento è arrivato, possiamo finalmente procedere con la fase attiva».

«Sì, appena avuta la notizia, ho iniziato la riconversione del "materiale" sensibile, operazione che richiede del tempo, come sai» ribatte pronto Colin.

«Mi fa piacere questa tua estrema cautela lessicale nel descrivermi lo stato dei lavori, anche qui nel mio ufficio totalmente insonorizzato. Spero che equivalga alla medesima discrezione che usi con gli estranei. Chi è coinvolto nell'operazione di riconversione?».

«Nessuno. Me ne occupo personalmente con l'aiuto del responsabile del sistema, Keith Burnes, che peraltro non ha la minima idea dei dettagli del lavoro. Per lui si tratta di gestire i dati di un cliente *Gold*, dunque anonimo e criptato».

«E che mi dici di tua moglie? Non ne sa nulla?» insiste l'altro.

«No, nulla. Gli accordi fra noi sono chiari. A cose fatte avrà un compenso per il suo silenzio».

L'uomo gli lancia uno sguardo scettico: «Ne abbiamo già parlato, ti auguro che sia così. Quanto tempo ci vorrà per concludere la riconversione?».

«Non meno di un anno» risponde Colin con le mani sudate.

«Ok, allora puoi iniziare a organizzare la tua temporanea trasferta in Italia. Le due nuove filiali che la tua banca ha in programma di aprire a Milano sono l'occasione che ci serve».

4

Luca

Se ci fosse Dio, Luca non dovrebbe essere qui. Londra è la più bella città in cui avrebbe potuto sperare di trasferirsi, ok. Ma ciò non toglie che l'ha fatto al buio, da matto. Per amore. Un classico. Ha lasciato a Milano il suo studio di architettura avviato e apprezzato ormai da anni, alla faccia della crisi, senza alcuna certezza di lavoro qui. Che grande stronzata.

D'altronde, Luca riconosce di essere un tipo senza radici. Senza percorsi prestabiliti o definitivi. È sempre stato pronto a cambiare tutto, sull'onda delle emozioni del momento, senza riflettere. Solo per seguire piste nuove.

Mai però gli era capitato per una donna.

Aveva conosciuto Megan al mare, in Liguria, durante una delle rare, brevissime vacanze che la sua costante mole di lavoro gli permetteva. Era agosto, anzi, proprio Ferragosto. La spiaggia pubblica della *"Venere Azzurra"* di Lerici rigurgitava persone ammassate una sull'altra.

La sua barca quel giorno era in riparazione nonostante fosse festa, e Luca aveva preso un lettino in riva al mare, giusto il tempo per concedersi un paio di nuotate e poi asciugarsi al sole.

Appena uscito dall'acqua non aveva fatto caso che sulla brandina letteralmente attaccata alla sua si fosse distesa una donna. Se ne accorse solo quando, già sdraiato, si era trovato a tutti gli effetti "a letto" con lei.

Una donna bellissima. Aveva gli occhi chiusi, si era addormentata. Portava un costume olimpionico nero che metteva in risalto la lunga linea del corpo, sinuoso come un disegno. Il viso, piccolo e a punta, era schermato dalle tese di un grande cappello di paglia che, con il riflesso del sole, disegnava sulla sua pelle di cera una rete di fini merletti d'ombra.

Luca era rimasto incantato, stregato, accalappiato senza speranza. E l'aveva desiderata da subito, l'aveva amata forsennatamente in un nanosecondo, pur non sapendo niente di lei. Sapeva di essere un esteta, e che questo molto spesso è un limite. Tuttavia quella donna gli comunicava una risposta attesa da troppo tempo, una strada a senso unico, un incontro karmico.

La stava osservando fisso, quando all'improvviso lei si era svegliata. Aveva aperto gli occhi su di lui senza alcuna sorpresa. Occhi sorridenti, come di fronte a qualcosa di inevitabilmente scoperto, ritrovato. Occhi pieni di riflessi d'oro, grandi e umidi. Uno sguardo potente e vivo, diretto proprio al centro di quello di lui.

«Io sono Megan» aveva detto lei schermando uno sbadiglio con la mano affusolata. La fede dall'anulare sinistro rimandava piccoli bagliori.

«E io sono Luca» rispose lui sottovoce.

«Che ci fai qui?».

«Stavo cercando te».

Avevano riso insieme e, da quel momento, aggiunto pochissime parole. Non c'era molto da dire, sapevano già tutto. Dopo soltanto un'ora erano a far l'amore nella barca di Luca. Senza stupore. Disperatamente. Come due naufraghi. Pazzi uno dell'altra.

«Sulla spiaggia mi sono svegliata perché ti ho *sentito* vicino».

«Sulla spiaggia io ti ho riconosciuto».

«Sono sposata e domattina torno a Londra».

«E io verrò con te».

SECONDA PARTE

L'ACQUA

(*"La gloria è simile a un cerchio nell'acqua che va sempre allargandosi, sin quando per il suo stesso ingrandirsi si risolve nel nulla"*, *William Shakespeare*)

2019

5

Milano

Lisa

Non ci posso credere. È finita. È passata anche la maturità.

E finalmente da settembre con Tess ci siamo trasferite a Milano per frequentare la facoltà di Filosofia.

Abbiamo affittato un bilocale in un piccolo condominio in una zona molto particolare della città, *La Maggiolina*. Una specie di villaggio di ville e villette Liberty nell'area fra Porta Garibaldi e l'Isola. Un luogo che amiamo moltissimo, anche se è un po' distante dalle università.

Tess mi chiede sempre perché anch'io ho deciso per Filosofia, proprio lei?

Con un passato come il mio era inevitabile che scegliessi un percorso di conoscenza del *sé*, perché sinceramente inizio ad avere seri dubbi sulla mia identità psicologica.

O meglio: io credo di essere cattiva, però non mi conosco, non so chi sono, come sono. Forse, sì, certamente sono cattiva, ma non so se prioritariamente.

Le mie emozioni si annodano confuse in grovigli inestricabili e mi pongo ossessivamente domande del tipo: sono invidiosa? Gelosa? Anaffettiva? Vendicativa? Rancorosa?

Ma lei mi guarda sempre come se ancora non mi credesse. Eppure lo sa bene cosa ho passato.

Per mia madre e mio padre io *dovevo* essere così. Queste sono *virtù* fondamentali per loro, e io ho sempre cercato di adeguarmi per essere aderente al loro desiderio.

Ma alla fine non mi ci ritrovo.

Non provo mai rabbia né rancore né bisogno di vendetta né voglia di ferire a prescindere.

Anzi. A volte mi capita addirittura di stare malissimo. Possibile che ancora Tess minimizzi? Fa in fretta lei, da sempre così protetta.

Ma io chi sono?

Non mi conosco per niente anche se Tess insiste a dirmi che di questa situazione ne ho fatto un alibi per vittimizzarmi. Il suo atteggiamento non mi aiuta a capirmi, al contrario, mi innervosisce moltissimo.

Soltanto i miei cani mi hanno svelato qualcosa di me.

Ne ho sempre avuti di cani, tutti meticci, anche contro la volontà dei due matti satanisti che volevano solo pitbull o doberman o rottweiler.

Li raccoglievo nei campi, abbandonati o scappati da qualche cascinale.

Tutti dolci e remissivi, i miei cani. Grazie a loro ho scoperto di possedere anche una parte mite e bisognosa d'amore (*Amoreeee? E cos'è, si mangia?* Dicevano i due satanisti della domenica).

Ecco perché, per sostenere le spese di affitto a Milano, ho deciso di fare la dogsitter. In poco tempo mi sono fatta una bella clientela e portare a spasso i cani a tutte le ore mi piace, mi fa stare in pace con me stessa, non mi fa pensare.

I miei clienti sono di tutte le razze: meticci, barboncini, lupi, lagotti, spaniel, setter, retriever, e perfino due galghi spagnoli.

Ma il mio preferito è Bubba, che con tutti gli altri non c'entra niente.

È il cane di Laura, una ragazza che abita nell'appartamento accanto a me. Lei lavora tantissimo e spesso me lo lascia anche di notte.

Bubba è un bulldog inglese. Buffo, lento, intelligente, imprevedibile, un po' folle. Perfetto per me.

I satanisti naturalmente lo detesterebbero. Potrei anche immaginare il loro commento: *come fa a piacerti una polenta così?*

Megan

Che sorpresa questa villetta in centro a Milano. Non è grande come la sua a Londra, ma sarà perfetta per il tempo che dovrà passare qui con suo marito Colin.

Fa parte di un comprensorio di vecchie ville ristrutturate fra Melchiorre Gioia e l'Isola, a cinque minuti a piedi da piazza Gae Aulenti, e l'atmosfera è proprio quella di un villaggio residenziale inglese.

Mentre entra, Megan spera di non essere delusa dagli interni: le case in affitto le sembrano sempre ripostigli per mobili dismessi dai proprietari.

Wow! È una meraviglia. Al di sopra di qualunque aspettativa.

Appoggia la borsa sulla scala Liberty e lascia vagare lo sguardo nell'ampio soggiorno a vista, sui tendoni floreali, gli angoli lettura, il camino in pietra, i quadri antichi che coprono quasi per intero le pareti.

In effetti l'agenzia l'aveva premesso che si trattava di una casa molto particolare di proprietà di un ricco nobile milanese, e che per questo costava più delle altre.

Megan scosta una tenda sul terrazzo per guardare il piccolo giardino all'interno. È molto ben curato, senza troppi fiori, come piace a lei, e un enorme banano sul fondo.

Sì, starà davvero bene qui.

Sente Colin che la sta chiamando dalla strada, una piccola via privata racchiusa da sbarre, ora sta addirittura gridando: *«Come Megan! There is a bulldog here!»*.

Oh, un bulldog! Come la sua Nan appena perduta.

Si precipita fuori e lo vede: è tutto bianco con gli occhi di carbone.

Megan si butta a terra per abbracciarlo. *«You're handsome! What's your name?»*.

«Ho appena perso la mia Nan, mi scusi, e mi manca tanto» dice poi in perfetto italiano. Sorride e con le mani a coppa intorno al muso del cane, guarda la donna che lo tiene al guinzaglio.

Non è una donna, è una ragazza sui vent'anni. Capelli corti, attorcigliati, scuri, una faccia interessante, ma un'espressione un po' ambigua e annichilita. Megan immagina che sia timida perché le racconta del cane brevemente, con pathos ma anche con pause inattese, a tratti quasi balbettando. La ragazza le dice che il suo nome è Lisa, che il bulldog si chiama Bubba e che ora deve scappare perché un'amica la sta aspettando.

Si salutano, lei e il bulldog soprattutto: «Allora Bubba ci incontreremo a spasso!».

Megan si china, lo bacia di nuovo e rientra di corsa in casa.

6

Tess

Ha occhi penetranti, le sembrano blu, e non è molto alto. Le piace moltissimo.

«Io mi chiamo Tess, e tu?».

Si fa fatica a parlare in questo pub, c'è un casino pazzesco. Lui poco prima le si era avvicinato con un bicchiere in mano e, senza dire una parola, glielo aveva passato.

«Hai un nome strano, non sei italiana?».

«Italianissima. Di Cecina. È la mia amica del cuore, Lisa, che mi ha sempre chiamato così, da Teresa, e a me piace».

«E Lisa dov'è ora?».

«Non so, a casa suppongo. Viviamo insieme. Ma tu ancora non mi hai detto come ti chiami».

«Leo. Mi chiamo Leo, Leo da Leonardo, e vorrei scoparti».

Ha belle mani e le piace moltissimo, allora perché nello stesso tempo si accorge di odiarlo?

«Non le mandi a dire tu, vero?».

«No, trovo stupido tergiversare».

Sorride come un lupo e i suoi denti brillano sotto le luci appese. La attrae sempre di più. Eppure sente di odiarlo sempre di più.

«Mi piace, dove andiamo?».

Lui la prende per mano e con l'altra la spinge verso l'uscita.

Tess afferra il cellulare, digita un numero, e lo porta all'orecchio.

«Ciao Lisa, un imprevisto. Non riesco a tornare a casa ora. Sì lo so… arrivo appena possibile, inizia tu».

Sono quasi per strada. Leo ha un ricciolo biondo che gli copre metà fronte. A Tess piace moltissimo, ma non smette di odiarlo.

«Chi rompe il cazzo?».

«È Lisa, la mia amica, dovevo tornare a casa entro le undici. Dobbiamo preparare un esame».

Leo la guarda. Ha un leggero strabismo di Venere. Tess lo desidera e lo odia.

Lui non dice nulla. La attira contro di sé. Le si struscia addosso e le infila la lingua in gola.

«Allora? Tu che fai?».

Lisa

Mai contare su Tess. Avrei dovuto capirlo già da tempo. Che s'arrangi, l'esame lo preparerò da sola, e che non si lamenti, poi, se non lo passa.

Esco per l'ultima pipì di Bubba, camminare mi servirà a smaltire i nervi, e poi lo riporterò a casa sua e ripasserò i punti chiave.

È tardi, è passata la mezzanotte. Non esco mai così tardi. Questa zona è molto buia, a volte di sera mi fa paura. Prendo una strada parallela alla nostra, la più illuminata, e mi ritrovo davanti alla casa degli inglesi. Stamattina, Megan, la padrona di casa, una donna affascinante, è uscita di corsa e mi ha fermato per conoscere Bubba. Ho dovuto liquidarla in fretta perché non avevo tempo, ma mi ha intrigato. Potrei vedere se è sveglia e ha voglia di strapazzarlo ancora un po'. Mi avvicino al cancelletto e riconosco il marito che sta suddividendo la spazzatura nei bidoni per il ritiro di domattina.

«Buonasera».

Mi risponde con un cenno. Non alza neppure la testa. Non mi sembra il caso di chiedergli della moglie, ha un atteggiamento troppo spinoso, respingente.

La signora comunque non c'è, la villa è totalmente buia. Le imposte tutte chiuse.

Con la coda dell'occhio, vedo l'uomo salire in macchina. Se ne va. A quest'ora?

Sono inquieta, non capisco perché.

Dov'è la bella Megan? Forse dorme. Bubba è già stanco, so che vorrebbe tornare a casa e spiaggiarsi sul divano, ma prima voglio controllare le finestre sul retro della villa. Magari sono illuminate, magari Megan è in casa, ancora sveglia, anche se da qui non si direbbe.

Ci mettiamo una vita a prendere la parallela, questo cane quando non vuole camminare è ingestibile.

Avevo intuito bene, le finestre sul retro sono aperte e illuminate. Megan sta parlando fitto fitto al cellulare. Mi scorge, sorride, spalanca i vetri e manda un bacio sulla punta delle dita a Bubba.

È una donna che mi piace tantissimo, vorrei essere come lei, anche se - chissà perché - mi sembra una prigioniera. Ha qualcosa di misterioso negli occhi.

Sarà per quel marito così ostico e asociale. Sembrano non avere proprio niente in comune.

Imbocco la nostra via. Rientrare è sempre più facile, ogni volta Bubba il ritorno lo fa correndo. Lo chiudo in casa sua poi infilo la chiave nella toppa del mio appartamento proprio a fianco, entro e sento risuonare un «cazzo!» agghiacciante. È Tess.

Mi fiondo dentro. Vedo la luce filtrare dalla porta di camera mia. La spalanco senza bussare. «Ma cos'è successo qui?».

Tess

Non vuole spiegare proprio niente a Lisa, non ne ha la minima voglia. Quella pazza sbraita e basta invece, se mai, di darle una mano a sistemare tutti quei vestiti suoi, sporchi e sparsi in giro.

Tess è rientrata pochi minuti fa e guarda che bella sorpresa la stava aspettando.

Una vera condanna essere coinquilina di Lisa, avrebbe dovuto pensarci prima. Imporsi di più. Spingerla ancora di più a farsi curare. Invece oggi lo psichiatra ha chiamato ancora lei:

«La sua amica se l'è di nuovo dimenticato l'appuntamento con me, com'è possibile?».

È la terza volta che capita. Eppure gliel'aveva segnato in calce a Lisa, in un post-it attaccato al frigo. Erano d'accordo che, appena sistemate a Milano, Tess si sarebbe occupata di cercare e fissare un medico, e Lisa aveva accettato di andarci.

«Lo sa che le visite saltate si pagano comunque?». Il doc era incazzato, Tess lo aveva capito forte e chiaro dalle vibrazioni della sua voce attraverso il cellulare, anche se aveva considerato che come psichiatra avrebbe dovuto sapersi contenere.

«Vorrà dire che pagheremo, non si preoccupi».

«Lo sa che dimenticarsi di venire da me dimostra di non impegnarsi veramente? È sicura che la sua amica voglia curarsi?». Il doc non intendeva allentare la presa. «Allora, cosa facciamo? Visto che mi ha cercato lei, visto che è la sua amica a dichiarare di avere bisogno di aiuto, pensa che verrà o no?».

«Sì sì, fissiamo un altro appuntamento».

«Domani alle 15. E se *si dimenticherà* ancora, per cortesia non chiamatemi più».

Racconta la telefonata a Lisa e quella alza le spalle. «Dovevo lavorare» risponde.

«Non dirmi che non puoi spostare la pipì dei tuoi cani, per favore» le dice con rabbia, china sul pavimento, con le mani nei capelli.

7

Megan

Non ci sarà nulla da fare, ormai è chiaro. Luca la raggiungerà a Milano finché lei ci si dovrà fermare. E sarà un casino. Qui è diverso da Londra. Colin ha orari molto regolari, si sposta meno, sta più con lei, in casa.

«Dobbiamo deciderci, Meg» le aveva detto Luca prima della sua partenza. «Devi dirglielo, appena possibile» le aveva ripetuto ieri notte al telefono.

Luca. Per lui è facile. Un uomo libero del suo tempo e delle sue scelte. Un kamikaze, per come si è comportato mollando al buio tutto per lei, ma per fortuna senza esplosivi addosso. In pochi mesi, grazie al suo inglese perfetto e al suo eccellente portfolio, si era già inserito in uno degli studi di design e architettura più noti a Londra, e con la premessa di un incarico importante nella ristrutturazione di un grande complesso nella City.

Lei e Luca non si sono raccontati mai nulla, si sono amati e basta, senza sosta, senza respiro. Ritagliando anche solo pochi attimi delle loro vite. L'ideale. È così bello non dover spiegare, ricordare, giustificare, confessare, programmare... È così bello restare anonimi, ciascuno con il proprio passato, i propri segreti. Così bello ripartire ogni giorno da zero, nell'ombra.

Non potrà dire a Luca che il loro tempo è in scadenza. Non potrà mai confessargli quello che la lega a Colin: qualcosa di molto diverso dall'amore, ma qualcosa di insormontabile, insuperabile. Qualcosa di molto pericoloso.

8

Lisa

Prima seduta

Che menata. Per placare Tess, eccomi qui. Nella sala d'attesa di questo sconosciuto trombone.

Non ho mai creduto nella psicoanalisi. Quanta gente si incasina ancora di più dopo anni e anni di analisi? Davanti a me, un grande orologio a stele segna tre minuti alle 15.

Do un'occhiata ai miei social, le solite cazzate. Senza riflettere, cerco in Facebook e Instagram il profilo di Megan. Stamattina a spasso con i levrieri, sono ripassata da casa sua e ho notato che è stato sostituito il nome sul campanello della villetta con *"Colin Donnelly"*. Il nome del marito. Chissà se nei social il cognome identifica anche lei. Mi sa di no, ma controllo. Infatti. Nessuna Megan Donnelly che le somigli. Provo in LinkedIn a cercare Colin e riconosco subito la sua faccia di culo: è un importante consulente finanziario londinese di una grande banca, ora temporaneamente in trasferta a Milano per l'apertura di due nuove succursali.

«Lisa Traversi?».

Mi sono spaventata, non mi sono accorta dell'arrivo a sorpresa del doc. L'orologio davanti a me ora spacca le quindici esatte (naturalmente). Chiudo velocemente il telefono e mi alzo.

«Sì».

«Federico Rizzi».

Lui si fa da parte e mi invita a entrare nello studio.

Una stanza elegante, ma spoglia di qualunque elemento personale. Nessuna fotografia, per esempio, che riporti alla vita privata del doc (che qualunque paziente cerca forsennatamente fin dalla prima visita). Una libreria strapiena di testi clinici, una scrivania antica da nave, due poltrone Chesterfield per il *vis à vis*, una chaise longue di Le Coubousier per l'immancabile opzione del lettino, nessun quadro alle pareti bianche latte, se si escludono sette diplomi professionali internazionali inquadrati in semplici listelli di rovere.

Mi basta un secondo per decidere di sedermi in una delle due sedie rigide e scomodissime davanti alla scrivania. *Teniamo le distanze, dài, in questo primo colloquio che quasi certamente non avrà seguito.*

Il doc non apre bocca e si accomoda davanti a me, in una poltrona dall'aria super comoda.

Per chi non lo sapesse - ma io lo so ormai molto bene - la scomodità delle sedute senza cuscini davanti alla scrivania di uno psicoanalista, sono un cliché. Un vero deterrente per il paziente riottoso a lasciarsi andare che, alla fine, non vede l'ora di mettere il culo dolorante su qualcosa di morbido, poltrona o lettino che sia.

Ma io non demordo, fingo scioltezza e guardo il medico con spontanea aria di sfida. *Nessuno ce l'ha fatta prima di te, datti subito una calmata. Non ricordo nemmeno più da quanti studi come il tuo me ne sono andata dopo i primi dieci minuti.*

Lui continua a tacere (la prima parola, si sa, è sempre del paziente). Non mi guarda e sfoglia distrattamente le pagine di una grande agenda davanti a sé.

Passa una buona mezz'ora così, in assoluto silenzio reciproco.

Lo guardo di sottecchi. È un uomo indiscutibilmente interessante, un ex biondo pieno di capelli ricci sale e pepe, alto e dinoccolato, occhi azzurro cielo, mani lunghe, barba di due giorni. Tra i quaranta e i cinquanta, direi. Non porta la fede. Belle scarpe. Inglesi. Che però, con mio grande stupore, a un certo punto si sfila e allontana con due calci da sotto la scrivania restando in eleganti calzettoni regimental.

«In seduta preferisco essere scalzo, spero non le dispiaccia» mi avvisa rompendo il silenzio e sempre tenendo gli occhi sull'agenda.

Complimenti. Gran bell'inizio. Mi incuriosisce. E adesso per forza di cose tocca a me.

«Ho bisogno di capire solo una cosa... ho bisogno di capire se sono *cattiva*».

«Tutto qui?» alza lo sguardo, direi piuttosto annoiato. «Certo che lo è».

Mi spiazza. Gli darei volentieri una sberla.

«Lei come fa a dirlo?».

E ora chi mai si aspetterebbe una risata come quella che all'improvviso gli squassa il petto dentro al pullover in puro cachemire?

«Ma è troppo banale, scusi. Non serve essere uno psicoanalista per sapere che ciascuno di noi è un po' buono e un po' cattivo. Non si è mai solo l'uno o l'altro. Abbiamo finito? Il tempo è scaduto, comunque. Sono 150 euro, le mando per mail la fattura».

Stronzo provocatore insolente odioso.

Ma questi stregoni non dovrebbero essere accoglienti? Forse si è legato al dito le mie tre dimenticanze dei precedenti appuntamenti e gli sto sulle palle. E scoppio a piangere come una fontana, sorprendendo anche me stessa.

Lui tace. Sbadiglia e mi allunga una confezione di fazzolettini di carta.

«Quindi non ci vediamo più? Non le interessa la mia storia?» balbetto soffiandomi il naso.

«È a lei che dovrebbe interessare raccontarmela. Le interessa?».

«Sì».

«Allora la aspetto dopodomani. Stessa ora. Nel frattempo, inizi a prendere quattro di queste pastiglie al giorno, due la mattina e due la sera»». Strappa un foglio dal ricettario e me lo allunga sulla soglia dello studio.

«E perché i farmaci?» gli chiedo.

«Perché sì».

9

Luca

Heathrow. Stanno chiamando il suo volo. Luca si alza e si avvia alla coda per l'imbarco. Megan gli ha chiesto in tutte le salse di non raggiungerla a Milano, non sa che solo fra due ore respireranno la stessa aria. Non sa che Luca ha affittato un appartamento in un residence a pochi passi dalla *Maggiolina*, dove vive lei.

Dopo più di un anno dall'inizio del loro amore a oggi non è cambiato nulla. Luca non sa una virgola in più di lei e Megan si è sempre rifiutata di sapere una virgola in più di lui. Per un po' è stato un gioco divertente, eccitante, adesso invece Luca non ci sta più dentro.

«Io ti voglio» le ha detto l'ultima volta che si sono visti.

«Tu mi hai già» ha sorriso lei.

«Ti voglio di più. Voglio che lasci tuo marito e che vieni a vivere con me. Voglio averti alla luce del sole. Voglio conoscere la tua vita, la tua famiglia, i tuoi amici. Voglio avere un figlio da te».

«Per carità, vuoi rovinare tutto? Vuoi uscire dal sogno per litigare su un paio di calzini sporchi o su un risotto troppo salato o sulle poppate notturne di un neonato?» aveva detto lei con più stupore che ironia. Poi aveva cambiato argomento, come sempre. E l'aveva stordito di baci. E lui si era perso dentro di lei, come sempre.

A proposito, Luca si accorge solo ora di non essersi mai chiesto perché Megan non abbia figli. Forse non può averne, pensa guardando fuori dall'oblò. Forse è per questo che non vuole impegnarsi con lui che le ha detto più volte di desiderarli.

Forse forse forse. Di questa donna Luca non sa niente. Inutile sprecare energie facendo illazioni. Del marito è come se avesse paura. Anzi, vero terrore. «Tu non lo conosci, non puoi sapere» si fece sfuggire una volta che Luca tentò di parlarne.

L'aereo inizia a rollare. Fra un'ora e mezza sarà a Milano e appena sistemati check-in e bagaglio al residence, lui andrà a cercarla, anche a rischio di farla incazzare. Deve entrare a gamba tesa in questa storia, a costo di rapire Megan.

10

Tess

Mai avrebbe detto che Lisa potesse entusiasmarsi tanto per uno strizza. È appena rientrata a casa dalla prima seduta molto agitata e arrabbiata, ma visibilmente e totalmente coinvolta. Tess l'ha capito immediatamente.

Che questo medico fosse un fuoriclasse glielo avevano detto, ma solo lei può dire quanto Lisa sia un osso durissimo. Nessuno era mai riuscito ad accalappiarla per più di una seduta. E ne ha visti tanti prima di Rizzi, fin dall'adolescenza, quando la sua confusione mentale aveva raggiunto un apice preoccupante che si manifestava in un'angoscia profonda, costante. Uno stato quasi di delirio che le impediva di avere relazioni "normali" con i suoi coetanei, e che si trasformava in improvvise fissazioni, meglio dire ossessioni, rivolte a persone più spesso adulte che Lisa definiva "modelli", alle quali si attaccava come una zecca, il più delle volte anche a loro insaputa.

Proprio quello che le sta capitando ora con questa Megan, che nemmeno sa chi sia.

Da soli due giorni, Lisa è già in pieno *loop*: ne parla in continuazione, la spia, va a passeggio con i cani nella sua via più e più volte al giorno solo per incontrarla, immagina storie assurde che la riguardano.

È proprio Megan la goccia che sta facendo di nuovo traboccare il vaso, pensa Tess. E per fortuna adesso le piace il dottor Rizzi. Lisa deve curarsi, ora o mai più. Impossibile ritrovarsi con lei in certe situazioni del passato.

Appena arrivate a Milano, Tess si era data da fare nella ricerca di un medico per Lisa. Era l'occasione ideale, finalmente lontano dalla sua assurda vita precedente, così aveva chiesto informazioni in facoltà a Francesca, una compagna, figlia di un noto psicoanalista. Il padre si occupa solo di casi gravi, in ospedale, e aveva indicato un collega, secondo lui perfetto per i disturbi della personalità. Il dottor Federico Rizzi.

Evidentemente ha fatto subito centro.

Tess osserva Lisa mentre si prepara per uscire con i cani. È sempre più pallida e magra.

«Ciao, passo a prendere Bubba, e vado a cercare Megan. Se lo vede, arriva di corsa».

Di nuovo con questa Megan. Tess spera che Lisa ne parli al più presto con il dottore.

«Ma che ti frega di quella lì?».

«Mi piace. Mi incuriosisce. È una persona meravigliosa, solare, ma anche misteriosa, tutta da scoprire. Secondo me anche un po' triste. Voglio conoscerla di più».

«A quale scopo? Cosa ne ricavi?».

«Chissà, magari con lei finalmente riesco a capire chi sono, come sono. E poi credo che abbia bisogno di aiuto, non chiedermi perché, ma lo sento».

«Se non sei riuscita a conoscerti con me in tutti questi anni come speri di farcela con una sconosciuta? Ti sei fissata un'altra volta, questa è la verità. E come al solito finirà male». Tess afferra lo zaino ed esce inferocita.

11

Megan

«Sono preoccupata, lui vuole raggiungermi anche qui».

«Non deve succedere, lo sai».

«Ho provato a farglielo capire, ma non c'è verso».

«Allora significa che non hai la grinta per importi» la voce dell'uomo sembra tuonare vicino a lei. Poi si calma. Riflette un attimo. «Ma sì, fallo venire. Forse lì sarà più facile toglierselo dai coglioni. Avrà delle belle sorprese».

La comunicazione si interrompe di colpo e nello stesso momento Megan sente suonare il campanello della villetta. Si sporge dalla finestra e vede Lisa, la ragazza con il bulldog bianco.

«Buongiorno, le ho portato Bubba».

Megan non è stupita. La stava aspettando. Era chiaro, pur non sapendo perché, che avesse colpito quella squilibrata.

La vede troppo spesso passare e ripassare ossessivamente sotto casa sempre con lo sguardo alle finestre e, addirittura, curiosare nei bidoni della spazzatura. Il più delle volte Megan non si fa scorgere, ma adesso per un'intuizione improvvisa si precipita giù dalle scale, apre il cancelletto e, senza una parola, si butta sul cane, lo abbraccia con il volto rigato dalle lacrime.

«Posso fare qualcosa per lei?» le domanda la giovane allungandole un fazzolettino di carta.

Megan non risponde. Fa un breve cenno con la testa, si alza e rientra in casa senza smettere di piangere.

Chiude il portoncino e pensa a come in fondo non ha spalle su cui appoggiarsi.

Pensa al caos attuale della sua vita.

Pensa al coraggio di continuare a perseguire da sola il suo progetto segreto.

E se questa strana ragazza forse capitata al momento giusto?

Si guarda nello specchio dell'ingresso e il suo piccolo viso a punta si allarga in un sorriso.

Torna fuori.

«Lisa, aspetta!».

La ragazza è ancora immobile davanti al cancello con Bubba.

Ha l'aria stralunata.

«Sì, ho bisogno di aiuto. Entra».

12

Luca

L'appartamento del residence è molto bello e accogliente, anche se un po' piccolo. Mentre disfa la borsa, Luca decide di aspettare almeno fino alle undici prima di passare a casa di Megan. Si annuncerà con uno Whatsapp o forse nemmeno.

Inizierà a fare un sopralluogo per conoscere i dintorni della casa e solo dopo le manderà un messaggio.

Infine, conclude che improvviserà, secondo le sensazioni del momento, come suo solito. Senza pensare troppo.

Il tempo è mite, dev'essere stata una giornata di sole a Milano, a differenza di Londra che Luca ha salutato sotto una fitta pioggia.

Indossa il giubbotto ed esce per mangiare qualcosa. In meno di dieci minuti a piedi, raggiunge via Solferino, una delle zone della sua città che preferisce. Poco dopo la sede del *"Corriere della sera"* si infila nel ristorante indiano che ama di più anche per l'atmosfera intima e discretamente avvolta da una luce fioca.

«Finalmente è tornato, architetto!». Il cameriere lo accoglie con sincera gioia.

«Sono solo di passaggio, ma non potevo mancare una cena da voi» gli risponde Luca con un largo sorriso, e ordina «il solito, molto piccante».

Dopo venti minuti è di nuovo in strada. Calcola di farsela a piedi, in fondo sono poco più di due chilometri e mezzo. E poi il percorso merita, da Porta Nuova passando dal quartiere Gae Aulenti, fra i nuovi grattacieli, per arrivare al villaggio della *Maggiolina*.

Camminare gli ha sempre fatto bene. Camminando le idee sembrano sempre allinearsi meglio nella sua testa, trovano un ordine spontaneo, gli indicano spesso una possibile via d'uscita.

Un passo dopo l'altro, Milano lo riassorbe in ciò che Luca avverte come origine, appartenenza, consuetudine.

A Londra non ha sentito la mancanza della sua città, troppo assorbito da Megan, ma ora inaspettatamente scopre di provare un po' di nostalgia per la sua casa e il suo studio (appaltati temporaneamente a Matteo, il suo assistente), per la quotidianità di prima.

Non ha avvisato nessuno del suo arrivo.
Vuole prima fare chiarezza nella sua vita, e poi
capire da dove ricominciare.

Lisa

Avevo ragione: Megan è una donna che sta
soffrendo. Voglio proprio vedere la faccia di
Tess quando glielo racconterò. Sarà la volta
buona perché capisca che non sono del tutto
matta?

«Ciao ciccione, a domani». Spingo Bubba
velocemente in casa sua e torno subito fuori per
la commissione che Megan mi ha chiesto di fare
per lei. «È una cosa molto privata, mi devo
fidare di te, non c'è nessuno che mi possa
aiutare» aveva aggiunto sempre fra le lacrime
consegnandomi una classica busta commerciale,
piccola, in cartoncino giallo.

Non è semplice perché devo attraversare la
città e a quest'ora non mi piace prendere i
mezzi, così decido per la bicicletta.

Non ho capito perché Megan vuole che la
consegna avvenga "urgentemente", ma non
prima delle 22,30. Forse chi l'aspetta prima di
quell'ora non c'è.

Mentre pedalo mi rendo conto che non mi ha detto assolutamente niente dei suoi problemi. Piange e dice che sta male, molto male. Sembra proprio una prigioniera in casa sua. Del marito non ha parlato, ma sono certa che sia lui il suo tiranno.

Ferma a un semaforo, riguardo la busta che ho messo nel cestino. Non c'è nome, solo la via e un numero, il 25. Lo stesso, ha detto Megan, del citofono che devo suonare. Mi accosto al marciapiedi e la apro con cautela…

Adesso Tess direbbe che la mia è pura curiosità morbosa. Non è vero. Lo faccio per Megan. Per capirla. Per aiutarla meglio. Per assorbire il più possibile di lei. Per capire anche me stessa.

E poi, non so frenarmi. Con alcune persone dentro di me scatta all'improvviso un bisogno irrazionale di fusione che non posso e non so arrestare. Perché Tess ancora non lo capisce?

La busta contiene una piccola scatola in metallo. Non riesco ad aprirla. La osservo alla luce del fanale della bici e scopro che per farlo ci vuole un'impronta digitale. Che cosa sarà? Megan mi ha detto che si tratta di qualcosa che deve restituire a una persona.

La fotografo con il cellulare, frugo nello zaino, trovo quasi subito ciò che mi serve e poi richiudo la busta senza lasciare tracce. Sapevo che ci avrei guardato dentro e mi sono attrezzata a casa di Laura con della colla invisibile quando ho lasciato Bubba.

Finito. Filo di nuovo come un razzo sulle corsie destinate alle biciclette sfidando i menefreghisti che in auto ci passano sopra senza nemmeno guardare. Dopo via Pergolesi, attraverso corso Buenos Aires e taglio come una scheggia su viale Abruzzi. Infilo via Donatello (che buio qui), conquisto piazza Piola e poi piazza Leonardo Da Vinci. Eccola, è quella la mia via. Ora cerco il numero.

Che coincidenza: un'altra zona di Milano di piccole ville d'epoca a schiera. Ma il 25 non è una villetta. Sembra un vecchio edificio industriale riconvertito in abitazioni-loft. Lego la bici a un palo e mi avvicino al citofono. Non si vede niente.

Buio buio buio e ancora buio. Il buio è sempre stato mio compagno. Non ne ho paura, ma ho sempre più voglia di luce.

Accendo la pila del cellulare e riconosco il numero 25. Schiaccio il tasto e quasi subito il flash accecante di un videocitofono mi abbaglia. «Hai portato la busta?». Una voce alterata e metallica con una forte inflessione inglese. Un uomo? Non capisco. «Sì». «Mettila nella cassetta della posta alla tua destra e vattene prima che io scenda a ritirarla».

Faccio quello che mi dice la voce, ma col cazzo che me ne vado. Voglio capire se riesco a vedere chi è. Sgancio la bici e giro l'angolo sfruttando in quel punto la mancanza di un lampione e aspetto.

Tlack. Il portone si apre.

Una silhouette nera, un cappuccio che copre quasi per intero il volto. Un uomo, sicuramente. Vedo che armeggia con la cassetta, estrae la busta di Megan, si guarda in giro sospettoso e poi schizza dentro il portone che si richiude di colpo.

Salgo in bici e riparto. Passerò da Megan, mi aspetta per la conferma della consegna. Chissà se riuscirò a carpirle l'identità di questo tizio?

Tess

«E quindi? Dove sei finita?».

«Ciao Leo, sono in giro».

«In giro dove? Ti raggiungo così riprendiamo il discorso lasciato a metà l'altra sera. Che dici?».

«A me pareva concluso».

«Non avevo capito che tu fossi il tipo da una botta e via».

«Perché, tu cerchi una fidanzata?»

«Chissà, forse sì».

«Spiacente. L'utente qui non è disponibile».

«Lo diventerà, scommettiamo? Ti chiamo ancora».

«Provaci. Stammi bene, gioia... Però... aspetta! Ma sì, dài, ci ho ripensato, avviso Lisa e più tardi ti raggiungo. Dove sei?».

13

Luca

La villetta gli appare all'improvviso, subito a fianco di un piccolo condominio d'angolo. La luce sull'ingresso è fioca. La breve via poco illuminata. I cani nei giardini vicini latrano. Hanno sentito i suoi passi sulla ghiaia.

Allora è qui che vive Megan.

Luca infila le mani in tasca pensoso.

Il posto auto davanti alla casa è vuoto. Forse lei e il marito sono fuori. Forse può tentare di telefonarle o di mandarle un messaggio. Sì, meglio un messaggio.

"Dove sei, amore mio? Io sono qui, a Milano, proprio davanti a casa tua".

Mentre aspetta la risposta, fa due passi. Si guarda attorno.

Bello qui. Bella la villa. E bello il vecchissimo glicine che nasconde l'ingresso e si attorciglia spietato sul cancelletto. Megan se ne sarà innamorata.

Con un sospiro controlla il telefono. Niente risposte. Nemmeno ha letto il messaggio. Lei di solito risponde subito. Sarà arrabbiata. Non voleva che lui venisse. Non ora almeno. Sarà in difficoltà, non saprà come muoversi con il marito.

Ma Luca ormai ha deciso: è arrivato il momento di entrare a bomba in questa storia. Spaccare tutto e portare via la donna della sua vita. La chiama.

Non è raggiungibile, dice l'odiosa voce di un disco. Oppure il telefono è spento, aggiunge.

Impossibile. Megan non spegne mai il telefono, nemmeno quando fa l'amore.

La casa all'interno è buia. Non c'è nessuno. Luca tenta l'ultima folle mossa. Si avvicina al cancelletto e mentre sta per premere il campanello sente una voce alle sue spalle: «Cerchi i Donnelly?».

È una ragazza sui vent'anni con una faccia un po' strana. Ambigua, si potrebbe dire. E con uno sguardo obliquo da sotto un ciuffo spettinato e scuro reso ancora più tagliente dalla luce riflessa del cancello.

«Sì. Sai dove sono?».

«Hai suonato?».

«Non ancora. Ho inutilmente mandato un messaggio alla signora e ho provato a telefonarle prima. Stavo per suonare quando sei arrivata tu».

«L'auto non c'è. Forse il marito è fuori, ma Megan dovrebbe essere in casa. Mi aspettava».

«Allora puoi provare tu a suonare, io non ero atteso».

La ragazza pigia il campanello. Ha mani piccole e nervose. Unghie mangiate all'osso.

Luca la trova sempre più inquietante, senza capirne a fondo perché.

Il cancelletto rimane chiuso. Nessuna risposta.

«Non sono in casa, evidentemente». La ragazza lo guarda di traverso, in quel modo, verrebbe da dire a Luca, chissà perché, maligno. E si chiede come fa Megan ad avere rapporti con lei.

«Io me ne vado, laggiù alla sbarra sta entrando un'auto. Mi sembra quella del marito. Non voglio incontrarlo» gli sussurra filandosela.

Luca la segue. «Aspetta. Vediamo almeno se è lui e se c'è anche lei».

«Ok, ma io non mi faccio vedere. Se sei loro amico, aspettali tu».

Luca non risponde e le si affianca dietro l'angolo del condominio, nell'ombra.

L'auto si ferma davanti alla villetta, è proprio quella dei Donnelly. Luca e la ragazza trattengono il respiro, il silenzio è assoluto. Vedono scendere soltanto Colin che infila la chiave nel cancelletto, poi apre il portoncino e se lo richiude alle spalle.

«Ma lei dov'è?» Luca si lascia sfuggire un sospiro che sembra un lamento e si accascia su se stesso. Ricontrolla il telefono. Nessuna risposta. Riprova febbrilmente a chiamarla. Ancora il disco. Poi si gira e si accorge che la ragazza lo sta osservando.

«Chi sei tu?» gli chiede.

«Un amico di Megan».

«Amico di lei, ma non di Colin, giusto?». Luca non sopporta quello sguardo e soprattutto non ha intenzione di avere nulla da spartire con la ragazza. Sta per mandarla a quel paese, poi considera che, in questo momento, lei è comunque l'unico legame che può avere con Megan.

«Arrivo da Londra, dovrei parlarle di una questione privata. Oggi tu l'hai vista?».

Tlack.

Scatta di nuovo il cancelletto. La ragazza si porta un dito alle labbra, *ssstt*, e si ricolloca all'angolo del condominio. Luca la segue. Vedono uscire Colin che guarda a destra e poi a sinistra. Si attacca al cellulare, cammina nervosamente in tondo: «Giulia? Scusami tanto per l'ora, Megan è stata da te stasera? Non è a casa e ha il telefono staccato… ah, e non ti ha detto se aveva programmi? Ok, grazie. Sì, ti faccio sapere».

L'uomo rientra in casa lentamente, pensoso, cupo.

Luca e la ragazza si guardano per qualche istante in silenzio.

«Conosci questa Giulia?» le chiede lui.

«Non so chi sia» risponde lei.

«Mi chiamo Luca, ti lascio il mio numero di cellulare. In caso avessi notizie di Megan o la vedessi domani, avvisami per favore. Dille pure che ho molto bisogno di parlarle».

«Ok, io sono Lisa».

14

Lisa

Cosa sarà successo a Megan? Dov'è finita? E questo Luca chi è? Ho troppe domande in testa, ho paura di un "tutto pieno". Ho paura di uno dei miei soliti *burn-out*. Mi conosco, non me lo potrei permettere.

Entro in casa con l'incubo di vedere Tess. Non ho proprio bisogno di uno dei suoi pipponi adesso. L'appartamento è buio, lei non c'è, per grazia divina. Se aprisse bocca, ora la potrei strozzare.

Prendo il cellulare, chiamo Megan. Spento. Non raggiungibile. Vaffanculo. Mi tremano le mani.

Poi ragiono, almeno tento di ragionare. Sarà andata da un'amica. Un amico. Un amante? E allora perché si è tanto raccomandata di tornare da lei dopo la commissione che mi ha chiesto? Forse pensava che facessi più tardi? E poi, perché Colin era così agitato? No, ci sto proprio scoppiando in questa storia.

Vado a fare un giro di nuovo davanti a casa sua. Magari adesso è tornata. Esco e mi accorgo troppo tardi di non aver chiuso a chiave la porta. Chissenefrega. Non c'è nulla da rubare a casa nostra. Le vie sono immerse nel buio. Finestre chiuse. È piena notte. Come invidio chi sta dormendo sereno, a me non capita mai.

Giro quasi correndo l'angolo della strada di Megan e mi inchiodo: davanti al cancello c'è un'auto della polizia con i lampeggianti accesi. Due agenti stanno parlando con Colin. Provo ad ascoltare, non è facile, sono un po' lontana. Mi avvicino.

«...di solito si attendono almeno ventiquattrore prima di denunciare la scomparsa di una persona adulta, cosa le fa pensare che sua moglie sia in pericolo?».

«Non è da lei non dare notizie, mi creda. Così come tenere spento il cellulare. Non lo fa mai, è quasi una nevrosi». Colin è sempre più scosso.

«Ha notato anomalie nella sua vita degli ultimi giorni? Persone sconosciute vicino a casa?».

«Direi di no, a parte lo scambio di battute con qualcuno dei vicini. Sa com'è quando si è nuovi in una zona. Siamo in Italia da meno di una settimana».

«Mi faccia avere i nomi delle persone che vi hanno avvicinato. Faremo comunque un giro di domande».

Un brivido gelido percorre tutta la mia colonna vertebrale.

Faranno domande anche a me. Anzi, soprattutto a me. Credo di essere la persona che Megan in assoluto ha visto di più qui nei dintorni. E Colin sicuramente lo sa.

«… non conosco nessuno dei vicini, non so» risponde nervoso.

Poi pensa e aggiunge: «Quella che ho visto più spesso è una ragazza con un cane, un bulldog inglese bianco che, da un paio di giorni, è venuta più volte a trovare mia moglie. Megan ama quella razza di cani, ha perso da poco la sua femmina. Mi pare che si chiami Lisa, ma non so né dove abita né qual è il suo cognome. Sono certo però che viva qui vicino» la voce gli si strozza in gola.

Ecco, appunto. Come prevedevo. Riprendo immediatamente la via di casa e appena mi chiudo dentro mando un messaggio a quel Luca: *"Megan non è tornata. Colin ha chiamato la polizia"*.

15

Tess

Le borse della spesa le stanno segando le mani, accidenti. Si è sparata a piedi fino al supermercato più vicino, che comunque è a quasi un chilometro da casa, con di tutto e di più da comprare perché se aspetta Lisa può morire di fame.

Tess apre la porta già sapendo che l'amica non c'è. Chissà dove ha passato la notte.

Avrà fatto ronde su ronde intorno alla casa di quella inglese, ci potrebbe giurare, pensa con un attacco di rabbia fulminante.

Dovrà decidersi prima o poi a mollarla. Cercarsi una casa, magari da condividere con qualche altra compagna più civile e sana di mente anche se meno intima.

Lascia i pacchi sul tavolo della cucina e va a dare un'occhiata alla stanza di Lisa. Il letto è intatto, naturalmente. Se non la conoscesse potrebbe pensare che lì non ci vive nessuno. Un ordine maniacale rende totalmente asettico tutto l'ambiente in assoluto contrasto con il disordine di due sere fa. Non c'è nulla in giro che richiami una presenza umana.

Apre nervosamente le ante dell'armadio. Abiti appesi per colore. Di più. Per sfumature. Scarpe rigorosamente chiuse nei loro contenitori sui quali con un pennarello indelebile sono segnalati gli utilizzi: *"anfibi per passeggiate"*, *"sera"*, *"abiti corti"*, *"pioggia"*.

Ci risiamo! È ripartita la compulsione dell'ordine e della pulizia ossessivi.

Con la mano Tess scosta vestiti e accessori senza sapere cosa sta cercando, come seguendo un'indicazione inconscia, e non sbaglia. Nell'angolo in fondo le appare una pesante scatola in legno chiusa da un lucchetto. Dove può aver messo Lisa la chiave per aprirla? Fruga nel tiretto del comodino e sente squillare il campanello di casa.

Richiude tutto e va all'ingresso, un occhio allo spioncino. È una donna con un cappellino da baseball nero. Non apre.

«Cosa desidera?».

«Buongiorno, ispettore capo Eva Minetti della sede di Polizia di via Schiapparelli, può aprirmi?».

Andiamo bene, la polizia. E adesso che cazzo sarà successo?

La poliziotta si affaccia allo stipite della porta. Giovane, molto alta, sottile, ma palestrata. Sembra una modella: chiodo e jeans neri da biker, capelli biondi corti, un po' in piedi. Un'aria da dura.

«Buongiorno, è lei Lisa Traversi? Mi perdoni ma non ci sono nomi né cognomi sul vostro citofono».

«Lisa non è in casa. Io sono Tess, Teresa Benni, la sua coinquilina... è successo qualcosa?».

L'ispettrice la scruta con intensità: «Cosa glielo fa pensare?».

«Il fatto che stanotte non sia rientrata. Non ha dormito a casa».

«Non era mai capitato?».

«Certo che sì, ma di solito mi avverte. Anch'io non ho dormito a casa, e quando alle otto stamattina sono rientrata lei non c'era e la sua camera era intatta. Sono poi uscita a fare la spesa sperando di trovarla al mio rientro, un quarto d'ora fa, ma non c'è».

«Ha provato a chiamarla?».

«Che stupida, no. Aspetti».

Tess corre in cucina, recupera il cellulare dallo zainetto e torna dalla Minetti.

«Ecco, proviamo... sta suonando».

«Sì, sta suonando. E, a meno che lei non possieda due cellulari, credo stia suonando proprio qui. Forse sul banco della cucina?».

Anche Tess avverte una suoneria forte e chiara, è quella di Lisa.

Entrambe le donne si avvicinano al piano cottura. La Minetti adocchia un post-it sul frigorifero *"Lisa: ore 15 dottor Rizzi"*. Tess segue il suo sguardo e commenta: «Sì, ha lasciato a casa il telefono. È questo. Lo fa spesso quando esce con i cani, anche se oggi avrebbe dovuto portarselo dietro, visto che ha un appuntamento con lo psicoanalista. Speriamo che se lo ricordi senza avvisi. Ma lei perché la cerca?».

Minetti per un attimo resta sospesa, prende nota mentalmente di quell'appunto, poi si toglie il cappellino e si passa una mano fra i capelli scomponendoli in mille ciuffi: «Anche una vostra vicina ieri sera non è tornata a casa. La signora Megan Donnelly. Il marito ha indicato la sua amica Lisa come una delle persone che la moglie incontrava abbastanza spesso e con la quale aveva un minimo rapporto. I Donnelly si sono trasferiti in Italia da pochissimo, non conoscono per ora quasi nessuno. Volevo chiedere a Lisa quando e se l'avesse vista ieri».

Ancora Megan! Tess cerca di placare la rabbia che sente montare dentro.

«Purtroppo non posso aiutarla. Come le ho detto, non vedo Lisa da ieri mattina».

«Ok. Ripeto a lei quello che ho detto alla proprietaria di un cane che Lisa porta a spasso, la persona che mi ha permesso di risalire al vostro indirizzo: le sarei molto grata se quando vedrà Lisa le dicesse di passare in commissariato oppure di chiamarmi a questo numero, arrivederci» la Minetti le allunga un biglietto da visita ed esce velocemente.

Tess chiude a chiave la porta e si precipita all'angolo cottura. Prende il cellulare di Lisa e scorre affannosamente tutti i messaggi e le telefonate. Poi ci ripensa.

Non voglio avere niente a che fare con quella pazza! Non devo più farmi coinvolgere dai suoi casini! E cancella tutto, senza nemmeno leggere.

16

All'edicola di via Morgagni

«Oddio, ma questo è il ragazzo che abita qui davanti! Che cosa è successo?».

L'edicolante è un tipo svogliato, non sa cosa rispondere a quella donna, rimasta impietrita davanti al titolo di copertina del quotidiano che ha appena acquistato.

"Uno studente si getta da un tetto e muore sul colpo".

«Guardi, guardi qui» insiste la donna indicando la foto dell'articolo. «Sul giornale non fanno nomi, ma si chiamava Leo Bellini, abitava nello stabile di fianco al mio e di sicuro lo ha visto spesso anche lei».

«Con tutta la gente che passa… Non me lo ricordo» chiude l'uomo con uno sbadiglio.

La signora è anziana. Sente battere forte il cuore mentre torna arrancando verso casa. Possibile che non si sia accorta di nulla?

Vede due auto della polizia, ma nessun agente, nessun capannello di curiosi e nessun segno sul marciapiedi. Da quale finestra si sarà gettato Leo?

La portinaia del suo condominio sta spazzando l'ingresso.

«Anna! Ha sentito di Leo?».

«Una vera tragedia» sussurra la custode asciugandosi una lacrima. «Un così caro ragazzo, sempre gentile e allegro. Chi l'avrebbe detto? Il fatto non è avvenuto qui, comunque, non so nemmeno dove. È da stamane che la polizia sta interrogando i suoi vicini».

«Viveva da solo, la famiglia non è di Milano. Avranno avvisato i genitori?» si informa l'anziana.

«Non so nulla di più. Ne parleranno tutti i telegiornali, vedrà».

La donna non si dà pace. Proprio l'altro ieri lo aveva incontrato sorridente, sembrava felice. Leo, come ogni volta che la vedeva carica, le aveva portato i sacchi della spesa fino all'ascensore canticchiando e lei gli aveva detto: «È sempre bella la vita alla tua età, vero?».

«Soprattutto quando si è innamorati» aveva risposto lui.

Lei non aveva osato chiedergli nulla di più, ma evidentemente aveva conosciuto una ragazza.

Non era credibile che si fosse suicidato. Doveva dirlo subito a uno di quegli agenti.

17

Luca

Da quando ha ricevuto il messaggio di Lisa, Luca è come pazzo. Non sa cosa fare, come muoversi. Ha provato a chiamare la ragazza, ma il cellulare suona a vuoto. E non smette di cercare Megan, irrazionalmente, compulsivamente, in ogni istante, senza risultato.

Non si decide a uscire, per andare dove poi?

E a star chiuso nell'appartamento in attesa cosa può risolvere?

Prende il giubbotto e sceglie di tornare alla *Maggiolina*.

Per strada, sta per chiamare un taxi quando sente squillare il cellulare.

«Sono Lisa».

«Finalmente, dov'eri finita?».

«Questo non ti riguarda, mi pare. Comunque ora sono passata davanti alla casa dei Donnelly e la polizia non c'è più».

«Stavo chiamando un taxi per venire lì, mi puoi aspettare?».

«Ok. Mi trovi ai giardini di piazza Carbonari, nell'area cani».

Il taxi ci arriva in poco più di cinque minuti e Luca la scorge subito. È seduta su una panchina e lui non può far a meno di considerare di nuovo quanto gli sembri strana, ambigua e ancora si domanda cosa Megan ci abbia potuto trovare. Oltre alla differenza d'età, sono pure una l'opposto dell'altra.

Senza una parola, Luca le siede di fianco: «Cosa può essere successo?».

«Non ne ho idea. Sono rientrata a casa tardi stamattina, avevo dimenticato il telefono e ho trovato un biglietto da visita lasciato da Tess, la mia coinquilina. È di una certa Eva Minetti, ispettore capo della polizia di via Schiapparelli. Le ha chiesto di dirmi di chiamarla. Non ho nessuna voglia di parlarle, non so cosa dirle».

«Forse invece dovresti farlo. Sei l'ultima persona che ha visto Megan».

«E cosa ne sappiamo se sono io l'ultima persona che l'ha vista?».

«Perché ieri sera ti aspettava?» Luca incalza sempre più nervoso.

«Non sono affari tuoi» risponde lei beffarda.

Difficile non mandarla a quel paese, ma Luca si trattiene. Se pure labilissimo, quell'odiosa ragazza è l'unico anello di congiunzione con Megan, non può perderla.

«Se non chiamerai tu la poliziotta, lo farà di sicuro lei».

«Può darsi, ma non mi troverà».

«Cosa conti di fare?».

«Anzitutto, non tornerò a casa, mi farò ospitare da qualcuno. Poi cercherò di capire dov'è finita Megan».

«Siamo in due a volerla trovare».

«Sì, ma io ballo sempre da sola. E poi non so chi tu sia, non so niente di te e del tuo rapporto con lei. Per quanto mi riguarda potresti anche averla rapita tu».

«Allora ti auguro di non aver bisogno di me» Luca si alza di scatto per non reagire a quella spocchia con un pugno. «Io mi muoverò come meglio credo, anche attraverso la polizia. Non ho niente da nascondere, compreso l'aver incontrato te a notte fonda, davanti alla casa dei Donnelly».

«Fanculo» risponde Lisa mostrandogli il dito medio.

18

Lisa

Questa si preannuncia come la classica giornata di merda. Ieri notte che casino. La pedalata fino a quella via dall'altra parte della città. Il tipo strano che ha ritirato la busta segreta di Megan. Poi lei che scompare. E ancora quel Luca, l'uomo misterioso. Infine la polizia che mi cerca.

Ho fatto tutta la notte avanti e indietro come una trottola da casa mia a quella degli inglesi per controllare se Megan non fosse rientrata, dimenticandomi a un certo punto persino il cellulare. E per fortuna non ho incontrato Tess quando stamattina sono ripassata da casa a prendere il telefono, altrimenti sai che menata. Nemmeno lei comunque ha dormito in casa, l'avrei di sicuro incontrata. Ha fatto la spesa e poi è tornata fuori. Probabilmente è andata in facoltà. Non ricordo più le lezioni di oggi, in ogni caso non ci andrei.

Con quel Luca ho fatto la dura, ma sono in piena confusione. Mi sono chiare soltanto due cose: non voglio averlo tra i piedi e non intendo chiamare la Minetti. Mi cercherà lei, va bene. Ma non credo di essere fra le sue priorità. Ci penserò quando accadrà.

E tantomeno ho intenzione di trasferirmi da un'amica. Quale poi? A parte Tess, non ne ho. L'ho detto a Luca soltanto per tenerlo alla larga. Ho troppo disordine in testa. Devo farlo sedimentare.

Passeggiare con i cani mi aiuterà. Vado a prendere i due levrieri e mi faccio un giro lungo, ecco.

Oggi poi devo pure andare dal doc. Potrei parlarne con lui anche se non potranno bastare quarantacinque minuti di seduta.

È arrivato ora un messaggio. Lo apro. *"Appena puoi torna al 25"*. Sarà di Megan? Immagino di sì anche se non è firmato e non è stato inviato dal suo cellulare. Non credo che possa aver capito che ho aperto la sua busta, cosa vorrà?

Salto la passeggiata con i levrieri, ci vado subito.

19

Ufficio di Eva Minetti

«Hai tempo un attimo Eva?».

Quando vede il suo vice con la testa affacciata alla porta, la Minetti pensa che non riuscirà mai a fargli capire che, le rare volte in cui l'uscio è chiuso, primo si deve intendere che lei è occupata, secondo che bisognerebbe almeno bussare.

«Cosa c'è di tanto urgente? Sto per avere una riunione con la Narcotici, devo riordinare le idee sul caso dell'uomo in overdose dei Navigli».

«Scusa, ma credo che ti possa interessare sapere subito che nel cellulare di Leo Bellini, il ragazzo che si è buttato ieri notte dal tetto di quell'hotel in tangenziale, abbiamo trovato uno scambio di telefonate di poco prima con quella Tess o Teresa Benni che hai incontrato stamattina alla *Maggiolina* per la faccenda dell'inglese scomparsa».

«E come hai fatto a scoprirlo?» domanda colpita Eva.

«Sinceramente è stato un caso. Stavo compilando entrambi i rapporti di oggi e siccome il numero della Benni è particolare, pieno di zeri, mi è saltato subito all'occhio fra i contatti del Bellini».

«Ottimo. In queste cose sei inarrivabile, te l'ho mai detto?». In effetti la memoria visiva del Petri era sempre stata una sicurezza per la Minetti. Forse per una volta poteva perdonargli di non aver bussato. «Chiamiamola subito».

«Ma non hai la riunione?».

«Mi aspetteranno».

Eva compone il numero che gli ha allungato Petri su un foglietto.

Il cellulare di Tess però è spento.

20

Lisa

Alla luce del giorno l'edificio sembra ancora più bello. È come un enorme loft d'epoca che fa anche angolo, con finestroni ovali schermati da tende color panna e grate Liberty. Il portone al confronto delle finestre sembra piccolo. Anch'esso antico, in legno color noce.

Perdo qualche minuto a osservare i particolari dello stabile, forse un vecchio stabilimento ristrutturato.

Mi avvicino all'ingresso, sto per suonare il campanello, ma il portone si apre prima e compare una donna sui cinquanta. Slanciata, elegante in una semplice tuta da jogging.

«Buongiorno, come posso aiutarla?».

E adesso cosa dico? Meglio stare sul vago.

«Buongiorno, ecco io… ieri sera verso le undici sono venuta a consegnare una busta da parte della signora Megan Donnelly».

Il sopracciglio destro della signora diventa all'istante una V capovolta: «E quindi?».

«Vorrei parlare se possibile con la persona che l'ha ritirata. Un uomo».

«Credo che lei stia sbagliando indirizzo. Qui non abita nessun uomo».

«No, non sbaglio indirizzo, mi creda. Sulla busta era segnato soltanto un numero, il 25, come questo civico. E poi come farei a confondere questo straordinario edificio?».

«Non so davvero cosa dirle. E ora, se non le spiace, dovrei uscire» chiude con malagrazia la signora.

Mi scanso, lei imbocca a passo veloce il marciapiedi e in pochi secondi scompare dietro l'angolo.

Se quella pensa che io molli l'osso, non mi ha guardato bene. Mi avvicino a un finestrone e tento di scorgere l'interno della casa, ma è tutto molto buio.

Torno davanti al portone e sbircio nella cassetta della posta. Vuota.

Alle mie spalle compare una donna grassoccia con due sporte in mano.

«Cerca qualcuno?».

«Sì, la signora…».

«Si riferisce alla signora Vera Milani che è uscita poco fa? Abita a fianco e ha solo diritto di passo da questo portone per usufruire di una sala palestra. Se crede posso riferirle qualcosa da parte sua quando la vedrò, sono la custode. Signorina?».

«Non fa nulla grazie, proverò a ripassare più tardi».

La donna infila le chiavi nel portone e lo apre.

«Non torni prima di domani, però. Per oggi non rientra più. Chi devo dire, comunque?».

«Mi chiamo Lisa».

«Ha detto Lisa? Venga, venga dentro».

21

Lisa

Seconda seduta

Si deve essere tolto subito le scarpe, ma io lo noto solo ora. Dopo almeno venti minuti in cui l'ho totalmente investito di parole. E, stranamente per me, sin dall'inizio della seduta.

Parlo parlo parlo, mi sento schizzata, non riesco a seguire un nesso logico, ma lui resta imperturbabile. Mi guarda negli occhi con occhi asettici.

Parlo senza sosta e osservo i suoi piedi sotto la scrivania per cercare una minima reazione, almeno là. Ma niente. Deve avere bei piedi (chissà perché ho la mania di verificare le estremità delle persone), lunghi e magri come le mani. Sono assolutamente immobili, appoggiati uno sopra l'altro. Questa volta porta calzettoni blu notte.

Senza preavviso Rizzi mi interrompe: «Dove avvertiva dolore quando vedeva i suoi genitori sacrificare gli animali?».

«Dolore?».

«Sì, dolore fisico. Mi indichi con una mano la parte del suo corpo in cui avvertiva dolore».

Non ci avevo mai pensato, e non ci penso neppure ora, eppure la mia mano destra si appoggia subito sul petto. Al centro.

Scoppio a piangere e il mio monologo s'interrompe.

Rizzi mi allunga una scatola di kleenex.

«Non trova strano che finora lei mi abbia raccontato le attività sataniste che viveva in casa quasi ridendo mentre invece le provocavano un male fisico forte?».

Non rispondo. Ascolto allarmata quella fitta al petto solo ora.

La riconosco, mi compatisco. In quel dolore c'è la vera me.

«Come si è allontanata da quella vita?» incalza il doc.

«Non lo so. Non ricordo» riesco a dire fra i singhiozzi.

«Come non ricorda?».

«Mi dicono che ebbi un incidente. Caddi dal mio cavallo, picchiai la testa e restai in coma quindici giorni. Il trauma fu lieve, ma la commozione cerebrale mi provocò un'amnesia temporanea e ancora adesso di quel periodo - subito prima e subito dopo - i miei ricordi sono molto confusi».

«Di sicuro la sua amica Tess può averla aiutata a ricostruire quei momenti, non siete come sorelle?».

«Tess in quel periodo non c'era».

«Ah… e dov'era?».

«Credo a Edimburgo, in una vacanza studio. Ci andava estate e inverno».

«*Crede*? Da allora non ha mai chiarito con lei dove la sua più cara amica si trovasse?».

«No. Tess è molto umorale».

«Cosa ricorda allora del suo risveglio?».

«Un ospedale. Non ricordo il ritorno a casa, quello no. Negli anni del liceo vissi da lontani parenti di Grosseto - non so chi lo decise - e dopo la maturità mi organizzai con Tess per venire a Milano».

«Quando rivide Tess? Se lo ricorda?».

«Non nel dettaglio, ma ricordo la circostanza: ero ancora in ospedale quando chiesi notizie del mio cavallo…». Mi blocco, non riesco più a parlare. La mia mano torna in mezzo al petto. Avverto quel dolore sordo, atroce.

Il dottore mi sta fissando. Non parla.

«Io… ecco qualcuno mi disse che… era stato abbattuto». Mi accorgo che sto urlando: «Capisce? Hanno trovato una buona scusa per *sacrificarlo*! Io li odio li odio li odio!».

«E questo cosa c'entra con Tess?».

La freddezza di quest'uomo da un lato mi uccide e dall'altro mi spinge ad aggredirlo.

«Come cosa c'entra! Tess lo ha saputo, solo lei poteva capire quanto soffrissi, ed è corsa a trovarmi».

«Da Edimburgo o da dove si trovava?».

«Non lo so! Non ricordo, gliel'ho detto!».

«Questa storia non mi torna» lo sguardo del doc si fa di ghiaccio mentre mi allunga sulla scrivania la fotocopia del ritaglio di un giornale. La data è il 26 dicembre 2009.

"A Cecina un incendio devastante distrugge la cascina di una famiglia milanese. Morti tutti"

"Un luogo pieno di misteri destinati a rimanere insoluti, la cascina che, proprio la notte di Natale, è stata totalmente distrutta da un incendio indomabile, sicuramente di origine dolosa. I proprietari, Sandra e Paolo Traversi, originari milanesi, sono morti carbonizzati insieme a due coppie di ospiti.

Da tempo i vicini lamentavano strani via vai di persone e animali e avevano recentemente segnalato i Traversi per sospetto di attività sataniste. Salva la figlia Lisa, di dodici anni, ritrovata in fuga e in stato di shock sulle colline limitrofe".

«Io… io non ricordo niente, gliel'ho detto».

«Ha mai desiderato uccidere i suoi genitori?» ignora quello che gli dico e mi assale con quella domanda, come se si trattasse delle condizioni metereologiche.

Non rispondo.

«Ha mai pensato di uccidersi?». Sempre lo stesso tono, e in più ci aggiunge uno sbadiglio.

Non rispondo.

«Il nostro tempo è scaduto. Ci rivediamo dopodomani alla stessa ora». Si alza, si rimette le scarpe e mi accompagna alla porta. Io non apro bocca. Corro in strada e vomito sul marciapiedi.

22

Luca

Non ha scelta: Luca ha deciso di andare alla polizia. Quella stronza di Lisa non gli ha lasciato aperto il minimo spiraglio di collaborazione. Se vuole notizie è costretto a parlare con l'ispettrice.

È ancora incerto, cosa può dire di sé? Come dovrebbe presentarsi? Accende una sigaretta, prende tempo camminando avanti e indietro sul marciapiedi di fronte all'ingresso del commissariato, come un padre in attesa fuori dalla sala parto.

Sente vibrare il cellulare in tasca. Ha il cuore in gola: sarà Megan?

«Ehi».

È lei, la stronza.

«Cosa vuoi?».

«Dove sei?».

Luca spegne la sigaretta e bluffa: «Stavo giusto entrando in commissariato».

«Aspetta, non ci andare. Non ancora».

«Hai novità?».

«No, solo un'idea. Vieni qui, ti aspetto sotto casa mia. Ti mando per Whatsapp l'indirizzo».

Il messaggio arriva subito, Luca imposta *Google Maps* e si mette a correre. È a soli cinque minuti a piedi, ci arriverà in due, sicuro.

Gira l'angolo di via Carissimi e la vede, appoggiata al muro di un piccolo condominio. Ha un'aria distrutta, sembra un'eroinomane. Pallida, emaciata con due occhiaie nere fino in gola.

Con un cenno, Lisa gli indica di seguirla.

Luca, inquieto, sale le scale dietro di lei, fino al secondo piano. Poco dopo si trova in un appartamento anonimo, di un ordine e una pulizia maniacali. Nessun oggetto particolare, nessuna fotografia. Nessun colore. Tutto ossessivamente bianco. Le tende oscuranti sono semichiuse. La penombra sembra tridimensionale. La cucina a vista è completamente vuota, come nell'esposizione di uno show room.

«Siediti dove vuoi. Cosa bevi?».

«Qualcosa di forte».

«Whisky va bene?».

Luca alza il pollice e prende posto nel divano color latte.

È sfinito.

Lisa arriva poco dopo, e gli allunga un bicchiere.

«Prima di parlarti della mia idea, ho bisogno però di sapere di più di te e Megan».

23

Colin

La villa gli sembra vuota. Vuota di tutto. Colin non riesce a farsi ragione della scomparsa di Megan.

Buttato come uno straccio sul divano, ripensa agli ultimi giorni con lei, da quando sono arrivati a Milano.

Tormentata, silenziosa, perennemente in stato di attesa di qualcosa che lui non sa né potrà mai sapere, Megan ha sempre amato il mistero. Il non detto, l'irrisolto, la precarietà. I segreti.

Deve averne tanti di segreti, compreso un amante.

Come se lui non l'avesse capito che da più di un anno frequenta qualcuno. Non l'ha fatta seguire perché in fondo non gliene frega niente. L'importante è salvare ciò che insieme hanno costruito in dieci anni di matrimonio. E non si tratta d'amore.

Si tratta di una chiave che da ieri sera non trova più.

Colin ha ribaltato tutto il ribaltabile: cassetti, borse, bustine porta-trucco, vecchi portafogli, scatole di biscotti. Niente. La chiave è scomparsa insieme a lei.

L'aveva amata Megan, e anche molto, all'inizio. Finché non aveva esattamente messo a fuoco la sua vera natura, Colin l'aveva adorata. Poi, a poco a poco, era arrivato a temerla. Ne aveva quasi paura perché in una frazione di secondo si era reso conto di non averla mai conosciuta veramente.

La suoneria del cellulare frantuma i suoi pensieri.

«Colin Donnelly? Sono l'ispettore capo Eva Minetti».

«Sì, ci sono novità?».

«Purtroppo non ancora. Sua moglie sembra svanita nel nulla. Il problema di base è che non abbiamo riferimenti di conoscenze, persone che possano aiutarci a ricostruire le ultime ore della sua presenza qui».

«Avete trovato quella ragazza, Lisa?».

«Anche lei è irreperibile. Ho parlato con l'amica e coinquilina, Tess Benni, la quale non la vede e non la sente da due giorni. Ma sinceramente mi sembra una pista piuttosto debole. Invece le volevo chiedere se, dalla scomparsa di sua moglie, in casa ha notato qualcosa di diverso. Appunti, messaggi in segreteria telefonica, oggetti mancanti, mail… qualunque indizio anche minimo ci sarebbe utile».

Il cuore di Colin salta un battito.

«No, nulla. Qui è tutto a posto, a parte le mail che non posso controllare dal notebook di Megan perché non conosco la password» balbetta.

«*Mmmm*… Onestamente, siamo messi male. Un'ultima richiesta: può controllare se il passaporto di sua moglie è in casa? Aspetto in linea».

«No, lo so che è qui. L'ho visto proprio poco fa in un suo cassetto. Immaginate quindi che possa essere fuggita? Ma perché avrebbe dovuto, scusi?».

«Non possiamo ignorare alcuna ipotesi, come credo lei possa capire. Grazie per ora. Manderò appena possibile un agente a ritirare il portatile di sua moglie. Lo faremo esaminare da uno specialista con la speranza che ci dia qualche indicazione».

Colin riattacca impietrito. Non può consegnare il computer di Megan, troppo rischioso. Cosa può inventare?

24

All'obitorio di via Ponzio

«No, non si tratta di suicidio, ne sono certa». Mara Fini, direttore della sezione di Medicina Legale, indica a Eva Minetti con un gesto il cadavere di Leo Bellini disteso, completamente nudo, sul lettino delle autopsie. «E ci potrei scommettere ancora prima di procedere con la necroscopia».

Da quando la conosce, Eva si domanda come una donna bella, giovane e apparentemente fragile possa fare un lavoro tanto orrendo. Ma la Fini è una delle pochissime persone che le mettono soggezione, ha paura che la riterrebbe una domanda banale, idiota, e ogni volta Eva si deve frenare per non chiederglielo.

Forse è un modo di esorcizzare la morte vivendoci sempre accanto?

Per Eva è esattamente l'opposto: soltanto la vista di quel ragazzo diafano, senza vita, in attesa di essere dissezionato le provoca una nausea psicologica irrefrenabile. Un senso di ingiustizia inaccettabile. La voglia di scappare. E terrore puro.

«Cosa glielo fa dire con tanta certezza?».

La dottoressa si siede su uno dei quattro sgabelli a fianco del lettino, incrocia le gambe, appoggia il viso a una mano. Sembra parlare fra sé: «Un dettaglio molto piccolo, poco dimostrabile, anche se per me molto chiaro» e subito si rivolge all'assistente giapponese, «Kyo, ti spiace girare il corpo a pancia in giù?».

L'uomo si avvicina al cadavere e, in due veloci mosse, lo capovolge senza una parola.

«Venga Minetti, guardi bene al centro della colonna vertebrale, ecco, proprio qui. Ora mi dica cosa vede».

«Un leggero rigonfiamento?».

«Esatto. Il ragazzo è caduto di fronte fracassandosi il cranio, causa della morte immediata. La schiena non ha avuto un impatto diretto, dunque il sangue è defluito sul davanti per la forza di gravità. Quello che lei ha notato è un travaso, un ematoma sottocutaneo non evidente dovuto a un trauma accusato subito prima. Se si trattasse infatti di un colpo ancora precedente, l'ematoma sarebbe visibile.

Suppongo quindi che a provocarlo sia stata una spinta data di sorpresa, dunque anche se leggera molto efficace perché il soggetto non se la aspetta. Immagino che il Bellini si sia sporto da un parapetto basso o da una finestra per guardare qualcosa in strada e che qualcuno, da dietro, lo abbia spinto».

Minetti sa che difficilmente le ipotesi di Mara Fini sono sbagliate, a maggior ragione se espresse con tanta sicurezza.

«Non sappiamo esattamente da che punto sia caduto, ma supponiamo dal tetto dell'hotel davanti al quale è stato ritrovato il suo corpo, dal momento che non risulta avesse prenotato una camera. Nell'ora presunta della morte - circa le due di notte - tutti gli ospiti erano a letto, nessuno se ne è accorto sino alla mattina seguente. Non c'erano nemmeno tracce di passaggio sulle scale secondarie, però al tetto si accede dall'ascensore di servizio nel cui abitacolo abbiamo trovato residui della stessa polvere presente sotto le suole del Bellini e solo le sue impronte digitali sui tasti».

«Immagino che avrete già esplorato il tetto: c'erano altre tracce?».

«Impronte digitali e orme, sì. Ma anche quelle, soltanto del Bellini».

«Cercate ancora. Non era solo» incalza la dottoressa.

Eva Minetti si passa una mano fra i capelli, non è del tutto convinta. E prima di lasciare la stanza si gira e domanda alla Fini: «Potrebbe essere stata anche una donna?».

«Sicuramente. Come le ho detto una spinta a sorpresa non ha bisogno di essere troppo forte. Anche il tipo di versamento lo conferma».

25

Londra

Siamo alle ultime battute, pensa soddisfatto l'uomo. Quell'idiota di Donnelly, come previsto, è caduto nella trappola proprio poco prima di concludere un'operazione perfetta. Almeno, è quello che si deduce dall'oscura sua mail di stamattina, inviata da un internet point con un account fasullo, ma per lui riconoscibilissimo: *da: c.elly@gmail.com "... qui a Milano i lavori procedono velocemente. I mobili sono arrivati tutti, a parte il letto a barca del Settecento, pezzo al quale il cliente tiene particolarmente. Prima di disturbare lei, ho provato a contattare la sua assistente, ma è irreperibile da due giorni. Il letto non è ancora partito da Londra? Mi faccia sapere appena possibile, grazie. Il cliente è molto nervoso dal momento che l'ha già pagato".*

Abbastanza chiaro a chi si riferisce.

È arrivato il momento della sua presenza a Milano. E, come da programma, l'uomo parte subito.

26

Lisa

Luca mi ha raccontato ben poco del suo rapporto con Megan, ma quanto basta per capire che è pazzo di lei: «Devo trovarla» ha sussurrato nascondendo il viso fra le mani - e secondo me piangeva - «Non possiamo vivere lontani. E poi sento che è in pericolo». È evidente che è pronto ad agire d'impulso, così gli ho raccontato il piano.

«Dobbiamo entrare in quell'edificio quando non c'è nessuno, o di notte. Io sono sicura che avremo delle risposte. Com'è possibile, secondo te, che Megan mi abbia mandato di sera tardi a portare una busta, ritirata da quello che giurerei fosse un uomo, in una casa dove non vivono uomini? Andiamo a fare un sopralluogo stasera, ci stai? Ti mostrerò qual è secondo me il modo per entrare in quello stabile».

Lui ha annuito con un cenno della testa.

«Ora però dobbiamo uscire, non possiamo rischiare che arrivi la polizia o che torni a casa Tess» gli ho detto. «Non dobbiamo esporci prima di capire. Per fortuna nessuno sa chi sei e che sei qui, questo ci sarà d'aiuto».

«Che facciamo allora?».

«Tu rientri al residence e ci stai, io porto fuori i miei cani, come al solito. Ci troviamo direttamente là alle undici».

Usciamo da casa senza una parola. Mentre chiudo la porta lo guardo di sottecchi. È un uomo molto bello. Di più: affascinante.

Me lo vedo con Megan, che coppia. Luca mi ricorda qualcuno, ma non so chi. Ha un'aria autorevole, ma gentile e un po' aristocratica. Dev'essere timido ed educato.

In questo momento è nelle mie mani: farebbe qualunque cosa che io gli chiedessi di fare.

Debole? Spaesato? Senza palle? Non credo che se fosse così - un tipo di cui puoi farne polpette - potrebbe piacere a Megan.

Fanculo, chissenefrega, non devo farmi troppe domande. Di lui proprio me ne sbatto.

Ci salutiamo sul pianerottolo, Luca scende le scale e io entro nell'appartamento di Bubba: è la sua ora.

«Lisa, sei tu?».

Cazzo! Laura è in casa.

«Sì, ciao. Sono venuta a prendere Bubba. Non sei andata al lavoro?».

Laura, ancora in accappatoio, mi sta a distanza.

«Stai lì! Non ti avvicinare, ho l'influenza, la febbre alta».

«Si sente dalla voce» le rispondo mentre accucciata su Bubba, gli allaccio il collare.

Sto per uscire e aggiunge: «Caspita che figo ho visto entrare con te! Chi è?».

Raggelo.

«Ma di chi parli?».

«Di quell'apollo stratosferico con fly jacket, jeans e Blundstone che un'ora fa è entrato con te e che ora è uscito. La finestra di camera mia dà proprio sul nostro ingresso, ho la scrivania davanti e, lavorando da qui, sono quasi costretta a vedere tutto, come una portinaia!» e non trattiene una risata fragorosa.

«Non so chi sia. È entrato con me, sì, ma non so da chi andasse» ribatto a testa china.

«Strano, mi sembrava che foste impegnati in una fitta discussione. Comunque se è un segreto non insisto, anzi ti capisco. Uno così è meglio non mostrarlo troppo».

E ride ancora.

27

Luca

Mancano almeno quattro ore prima dell'appuntamento con Lisa. Solo adesso, sdraiato sul letto del suo appartamento nel residence, Luca si domanda quanto sia giusto seguire pedestremente quella strana ragazza.

Di lei non sa niente, a parte il nome e, per un caso, ora conosce anche il suo cognome, Traversi, perché quando a casa sua lei gli stava preparando il whisky, lui aveva avuto la lucidità di adocchiare una bolletta abbandonata sul tavolino.

Luca si alza, accende il suo portatile e digita in *Google "Lisa Traversi"*. Trova account ovunque, ma con una grande incertezza di riconoscerla: in nessuno infatti identifica la sua immagine.

Poi, all'improvviso, gli appaiono link di vecchi articoli di quotidiani toscani, tutti riferiti allo stesso caso.

Che storia raccapricciante... Una certa famiglia Traversi, di origini milanesi sospettata di attività sataniste, era stata totalmente falcidiata nel 2009 da un incendio doloso in una cascina vicino a Grosseto. Unica superstite, la figlia Lisa, dodicenne, ritrovata nei boschi due giorni dopo in stato di shock.

Un ritaglio pubblica anche la foto della piccola. Luca al momento non sa dire se si tratti della Lisa che conosce, tuttavia, i capelli scuri e annodati, ma soprattutto quello sguardo sbieco evidente nonostante i pixel, alla fine gli tolgono ogni dubbio.

Luca continua a leggere e scopre che Lisa venne ricoverata un mese a Pisa per accertamenti neurologici. Il disagio della ragazzina consisteva in una temporanea amnesia da shock: non ricordava nulla dell'incendio, solo continuava a chiedere di una sua amica, Tess Benni, in quel momento introvabile. Da qui l'appello della stampa (rimasto senza risposta) affinché l'amica si facesse viva.

Tess. È il nome della coinquilina di Lisa, Luca ricorda che lei stessa gliene ha parlato.

Il resto della cronaca di allora rimaneva nebuloso, l'unica notizia papabile, l'affidamento di Lisa a una famiglia di Grosseto, parenti dei Traversi di secondo grado. Luca prende nota del nome del capofamiglia: Pietro Sereni e cerca, ancora in *Google*, un recapito telefonico.

Ha fortuna, di Pietro Sereni a Grosseto ce n'è uno soltanto: *"Azienda agricola Sereni (di Pietro)-Massa Marittima (GR)"*.

Chiama. Risponde quasi subito una donna, una voce giovane: «Buongiorno, azienda agricola Sereni, sono Silvia, posso esserle utile?».

«Buongiorno, mi chiamo Luca Bini e sto cercando Lisa Traversi».

Silenzio. Gelo. Diffidenza?

«Mi dispiace, qui non c'è nessuna Lisa Traversi».

«Ma c'è stata, no? Mi risulta dal 2009-2010 anche se non so per quanto tempo».

La voce si altera: «E lei chi è? Non sono tenuta a darle informazioni di alcun genere».

«Si tranquillizzi, sono un vecchio amico di Lisa. Ho vissuto finora in Inghilterra e mi piacerebbe rintracciarla. Lei o la sua amica Tess Benni».

«Le ripeto che non sono tenuta a dare informazioni a sconosciuti. Le posso dire che comunque non sappiamo e non vogliamo sapere più niente di Lisa da tempo. Non insista e non richiami, per favore, altrimenti avviseremo la polizia».

Luca resta appeso all'iPhone, non sa più cosa pensare. Decide di non svelare la sua scoperta a Lisa quando la vedrà stasera, ma è sempre più sicuro che della sparizione di Megan quella ragazza ne sappia molto di più di quanto voglia far intendere. Conviene andare fino in fondo e poi confrontarsi con la polizia.

28

Tess

Entrando in facoltà, Tess si convince di aver preso la decisione giusta: andarsene. Tornare a casa per un po', mollando Lisa al suo destino. Le vicende della sparizione di Megan Donnelly, la visita dell'ispettore di polizia e poi le sue telefonate, le telefonate dello psichiatra...

questa volta Tess non può e non vuole stare al gioco di Lisa. È troppo pericoloso.

Poco prima di entrare in università, ha acquistato un cellulare usa e getta, distrutto il suo e incendiato la sim, non deve farsi rintracciare. Non deve mai più farsi coinvolgere dalla follia di quella pazza.

Sta cercando Francesca, per salutarla, e fortunatamente la vede subito, fuori dall'aula della prossima lezione.

«Ciao Tess, manca poco, entriamo?».

«Ciao Francesca, no io non vengo. Sono qui solo per salutare te, me ne vado per un po'».

L'amica la guarda preoccupata: «Spero non sia successo qualcosa di grave».

«No, nulla, grazie. Una rognosa questione familiare mi obbliga a tornare per qualche mese dai miei, ma ci tenevo a dirtelo».

Gli studenti iniziano a entrare nell'aula. Francesca abbraccia Tess e le sussurra: «Peccato... Non perdiamoci, e dammi tue notizie ogni tanto».

29

Ufficio di Eva Minetti

L'ispettrice è seduta alla scrivania. A capo chino sui rapporti della vicenda Donnelly, tortura la sua bella testa spettinata con entrambe le mani, avanti e indietro, indietro e avanti. *Quando fa così è in panne* considera il Petri prima di sedersi davanti a lei.

«Ciao Eva».

«Avete recuperato il portatile della Donnelly?» gli domanda il capo senza ricambiare il saluto.

«No. Abbiamo mandato subito un agente, ma il marito dice che non lo trova, si è accorto solo ora che non è più in casa».

«*Mmmm…* Avete rintracciato la Traversi?».

«Cellulare morto».

«E la Benni?».

«Idem».

«*Mmmm…*».

Il Petri ora non sa dove scapperebbe, anche se non è certo colpa sua se non ne sta andando dritta una. Ma conosce il suo pollo e resta in attesa che sbotti.

Infatti. Minetti si alza, raggiunge la finestra e guardando al di fuori mitraglia: «Bene, ricominciamo tutto da capo. Finora siamo andati a braccio, adesso iniziamo a picchiare duro. Prendi nota: voglio sapere tutto entro un'ora di Colin Donnelly da quando è nato a oggi, anche quante volte va al cesso, per intenderci. Voglio sapere tutto entro un'ora di Lisa Traversi e dell'amica Teresa Benni. Voglio entro stasera le testimonianze di chi le conosce. Sono studentesse, informatevi sulla facoltà e i compagni di corso. Per la Traversi rintracciate tutti quelli che le affidano i cani. Se le due ragazze non si trovano entro domattina, voglio dal procuratore un mandato di perquisizione dell'appartamento dove vivono. Ricominciate a interrogare tutti i vicini degli inglesi, anche quelli che non hanno mai visto la Donnelly. Domani alle 15 ci ritroviamo qui per un punto della situazione insieme con tutti gli uomini impegnati in questa ricerca».

«Scusa Minetti, ma quali uomini? Considerando la vicenda, se va bene, ci daranno una sola unità. Non ci sono morti, a parte il Bellini che probabilmente non c'entra niente con la Donnelly, non c'è cadavere, non c'è furto, non c'è la certezza di un rapimento, anzi. Il fatto che il portatile della Donnelly sia sparito, farebbe pensare che se l'è portato via lei. Quella se n'è andata con l'amante, credi a me».

«E allora, spiegamelo tu che evidentemente hai doti di chiaroveggenza, perché in questa storia mi sento presa in giro da tutti?» ringhia Eva inferocita. «Io e te lavoriamo insieme da poco, ma ormai abbastanza perché tu abbia capito che a me le supposizioni fanno solo incazzare. Quindi non discutere per favore e datti una mossa».

30

Lisa

Luca è puntualissimo. Anzi, evidentemente è arrivato già da un po'. Nell'angolo stabilito per il nostro incontro, all'incrocio della via con la stretta perpendicolare, è seduto nel chiosco della fermata degli autobus.

«Hai visto qualcuno? Qualche movimento al 25?» gli chiedo mentre lego la bici a una cancellata.

«Niente di niente».

Ha un'aria strana. Uno sguardo dubbioso, tetro.

«Sei sempre d'accordo di procedere?».

«Certo».

È successo qualcosa, sono sicura. Da stamattina, ha perso quell'aria da pappamolla e mi guarda quasi con sfida. Per ora faccio finta di niente e mi avvicino al muro di cinta dello stabile.

«Guarda da qui, tu che sei alto. Vedi che c'è un terrazzo a livello del piano rialzato? Credo che da questo punto si possa raggiungere facilmente, cosa dici?».

«Sì, io ce la faccio. Devo fare un salto, afferrare l'apice del muro e issarmi».

«Io avrò bisogno di aiuto, invece. Dovrai tirarmi su, qui non c'è possibilità di arrampicarsi».

«Ok, ma cosa speri di trovare?».

«Non lo so, ma sono sicura che questo luogo nasconde tracce di Megan. Te l'ho già detto, qui è finito tutto. Dopo la consegna di quella busta, lei è sparita nel nulla. Andiamo?».

«Adesso?».

«Di notte qui non c'è mai nessuno, è il momento giusto. Meglio non rimandare, non credi?».

«E come ci entriamo?».

«Forzeremo una portafinestra, non vedo né sbarre né imposte chiuse».

«Figurati se non sono vetri antiproiettile, o se non c'è in funzione un allarme. E se poi ci sente la custode? Non sarebbe meglio accertarsene prima?».

«E come, secondo te, se non ci proviamo? Comunque mi sono portata degli attrezzi utili. Inizia a salire, dài, non perdiamo altro tempo».

31

Luca

In una manciata di secondi Luca ha già raggiunto il terrazzo dello stabile e Lisa dimostra una notevole agilità nel conquistare la meta, semplicemente aggrappandosi alla sua mano con una forza imprevedibile per uno scricciolo come lei.

Entrambi ora spiano attraverso i vetri della portafinestra. Nessuna luce, nessuna presenza umana o animale. Luca prova a muovere la maniglia dell'infisso. Lisa gli porge un piccolo piede di porco e un cuneo. Con una minima forzatura i vetri si spalancano.

Trattengono il respiro in attesa di una sirena d'allarme. Niente.

Entrano. Lisa accende una torcia e gli fa strada in un ambiente enorme e aperto. Un ampio soggiorno.

Luca si ferma al centro della stanza.

Troppo facile... è tutto troppo facile pensa.

«Che c'è? Che fai? Muoviti!» gli sussurra lei.

Ma lui ancora non si sposta. *Lei conosce già questo posto.*

«Qui c'è una porta, vieni» insiste Lisa aprendo un piccolo uscio che affaccia su un'unica rampa di scala in marmo.

Lisa scende. Il buio riavvolge tutto e Luca infine si decide.

Fino in fondo, devo andare fino in fondo.

Raggiunge la scala ancora inquieto: scorge in basso la luce della torcia di Lisa e solo quando, all'improvviso, la sente sibilare un «Noooo!» raccapricciante, affronta gli scalini a due a due e si trova in uno spazio insonorizzato da pareti di cemento.

Con l'acqua alla gola, Luca segue con lo sguardo il raggio della pila di Lisa che mette a fuoco, contro la parete di fondo, un lettino sopra il quale riconosce la borsa e il cappotto rosso di Megan. E poi ancora rosso. Per terra e a schizzi sul muro dietro al letto... è sangue!

«Lisa, non toccare niente. Dobbiamo chiamare subito la polizia».

Lei non risponde. Spegne la torcia e si nasconde sotto al letto. E, poco dopo, il colpo a Luca arriva alle spalle, inatteso, preciso sulla nuca, mentre ancora si interroga, stravolto, sulle mosse di Lisa, sul suo sguardo sempre più alienato, prima di piombare nella totale incoscienza.

32

Colin

«E allora, che idea ti sei fatto della scomparsa di tua moglie?».

Colin sa che la calma dell'uomo seduto davanti a lui è soltanto apparente. Sa che in realtà quella calma è l'espressione di una violenza estrema, crudele, sadica, certamente ben controllata, ma pronta a esplodere da un momento all'altro.

«Non riesco proprio a capire, temo sia stata rapita o che le sia successo qualcosa. Un incidente...».

L'uomo si accende un grosso sigaro. Ha mani curate e un anello con sigillo nobiliare al mignolo sinistro. «Io invece ho molti dubbi. Ho deciso di crederti quando hai voluto tirarla dentro. O, meglio, quando *sei stato costretto* a tirarla dentro. Eri sicuro che ci si potesse fidare, di poterla tenere a bada, ma a me lei non è mai piaciuta. Avrei dovuto seguire la mia prima impressione, adesso la faccenda può diventare un *cul-de-sac* irrimediabile».

Le mani di Colin sono bagnate. «Ma che convenienza avrebbe Megan di metterci alle strette?».

«Semplice: darci scacco matto. Se ha portato con sé la chiave è l'unica che può fare quello che crede. Scappare all'estero con tutto, per esempio, tenendoci per le palle con il ricatto di una denuncia. Oppure, il peggio, scomparire e denunciarci comunque, tout court. Il danno e la beffa».

«Non è possibile! Con la chiave non può farci nulla. Non può nemmeno recuperarla. Non ha né i codici né l'autorizzazione per poter entrare nelle cassette *Gold* della banca. E poi è sola contro di noi».

Lo sguardo dell'uomo lo trafigge: «Come fai a dire che è sola? In questi anni avrebbe avuto tutto il tempo di organizzarsi con qualche complice. Quanto ad accedere alla banca può aver trovato il modo. È pieno di hacker che arrivano a tutto. Non avresti mai dovuto permetterle di conoscere l'esistenza di quella chiave».

Colin tenta ancora: «Non ci credo, io vivo con lei, fra noi ci sono accordi molto chiari».

L'uomo getta il sigaro nel camino, si alza, indossa il cappotto, va verso la porta della villa e prima di uscire, chiude la discussione senza un saluto: «Hai fatto anche la cazzata di coinvolgere subito la polizia... Ti do tre giorni per arrivarne a capo prima di muovermi con i miei strumenti. Alloggio al *"Bulgari"*, mi puoi trovare lì».

Accasciato in poltrona, la testa fra le mani, Colin sa che l'uomo ha ragione. Megan negli anni ha preparato tutto. Ha preparato questa fuga nei minimi dettagli. Anche lui ha sempre temuto che avrebbe potuto accadere, fin dall'inizio, quando lei gli aveva detto di aver trovato casualmente a *"Donnelly Court"* quel registro e di averlo fatto interpretare da uno specialista che le aveva segnalato uno solo fra i mille nomi inutili che conteneva.

«Che si fa ora?» gli aveva chiesto lei con un lampo feroce negli occhi. E, senza attendere risposta, aveva aggiunto con una risata: «Te lo dico io: ora, dovrete dividere per tre».

Con un pessimo presentimento, Colin chiama Londra, il direttore della banca.

«Donnelly, che piacere. Come stai? Come procedono le due nuove filiali italiane?».

«Tutto bene, William. Un paio di mesi ancora e veleggeranno come il *"Britannia"*. Piuttosto, avrei bisogno di fare un controllo urgente per un cliente *Gold*».

«Anonimo, quindi».

«Infatti. Volevo avvisarti che fra pochi minuti lo farò attraverso la mia assistente lì a Londra, Patty Osborne. Me la puoi passare tu direttamente?».

«Certo».

Nemmeno mezzo minuto di attesa ed ecco la voce nasale di Patty: «Colin! Cosa posso fare per te?».

«Ciao Patty, un velocissimo controllo *Gold*. La sigla del cliente è *TH05*».

«Cosa vuoi sapere?».

«Movimenti, cambiamenti, versamenti, qualunque variazione anche minima».

«Stai lì, facciamo in diretta… trovato. Accidenti, il cliente ha chiuso tutto la settimana scorsa. C'è un bonifico del totale criptato su una banca di Zurigo, lo immaginavi?».

«È impossibile! Avrebbe dovuto passare comunque da me, controlla meglio».

«Se vuoi ti mando lo screenshot del documento. Qui risulta tutto chiuso».

«Passami il responsabile del sistema».

«Chi? Keith Burnes? Ha dato le dimissioni dieci giorni fa. Un'offerta di lavoro imperdibile, pare. È rientrato in Australia senza finire il preavviso, beato lui. Vuoi il sostituto?».

«No, lascia stare».

33

Studio del dottor Rizzi

L'aveva previsto che, dopo l'ultima seduta, Lisa avrebbe potuto prendere le distanze da lui, ma si aspettava almeno una telefonata. Da Tess magari…

È sempre pesantissimo per un paziente venire smascherato così di colpo, ci vuole un po' perché digerisca la botta. D'altronde in certi casi è inutile perdere tempo e poi lui è noto per entrare pesantemente nei disagi, svelarli con forza e, a volte, con apparente durezza.

Un metodo, il suo, forse discutibile, ma che difficilmente fallisce.

Soprattutto all'inizio di un rapporto terapeutico, è fondamentale per il medico schivare balle e prese in giro anche se inconsce del paziente per arrivare al rispetto e alla fiducia necessari a creare un'alleanza indispensabile, specialmente quando un caso è palesemente grave come quello di Lisa.

Rizzi sfoglia gli appunti presi sulla ragazza e la sua diagnosi gli appare sempre più convincente. L'orologio sulla scrivania segna ormai le 15 e 22: Lisa sa quanto per lui sia essenziale la puntualità, ormai oggi non verrà, questo è certo.

Contravvenendo alle sue regole, il dottore considera per un attimo se non sia il caso di chiamarla. Potrebbe essere un segnale di interesse e di cura importante da parte sua.

Si domanda anche se, a spingerlo, non sia il timore che Lisa non venga più. Sarebbe davvero pericoloso, per se stessa in primis, e probabilmente anche per chi avesse a che fare con lei in questa fase di potente frattura psicologica.

Fa per cercare in rubrica il numero e si rende conto di non averlo. Ha sempre parlato al telefono con Tess per gli appuntamenti. La chiama e il telefono risulta disattivato.

Non è perplesso, lo aveva immaginato e questa è solo un'altra conferma delle sue conclusioni cliniche.

Telefona allora al collega che ha consigliato a Tess il suo nominativo. Spera che la figlia ne sappia qualcosa, visto che sono compagne di università.

«Ciao Carlo, sono Federico, se ti disturbo richiamo».

«Ma no, figurati, mi becchi in una salutare pausa fra due sedute tossiche, mi fa piacere sentirti».

«Ti ricordi di avermi mandato una compagna di tua figlia con problemi della personalità?».

«Sì, certo».

«Siccome è un soggetto piuttosto a rischio e oggi non si è presentata alla seduta, mi domandavo se tua figlia ne ha notizie. O, se la vede, può dirle che la sto cercando».

«Aspetta, ti do il numero di Francesca così ne parlate direttamente».

Rizzi la chiama subito.

«Mi dispiace, ma non posso esserle utile. Io conosco soltanto Tess, non ho mai incontrato Lisa in università, facciamo corsi diversi. E non posso nemmeno chiedere di lei a Tess perché proprio ieri è venuta a salutarmi e ad avvisarmi di dover abbandonare per ora gli studi qui a Milano per un improvviso problema familiare che l'ha costretta a tornare dai suoi per qualche mese».

Ancora una volta Rizzi non si sorprende. Era esattamente quello che temeva.

34

Luca

C'è un volto femminile che lo sta osservando al contrario. Luca esce a stento dal buio totale e fatica a ricordare dove si trova. La sua testa pulsa forte: si tocca con la mano la nuca, sente un grande rigonfiamento e le dita umide. Si guarda, è sangue.

«Mi sente?» la donna a faccia in giù lo sollecita. «Sono l'ispettore Eva Minetti, lei mi vede? Come si chiama? Cosa ci fa qui?».

Un giovane paramedico interviene: «Aspetti ispettore. Inutile bersagliarlo di domande adesso. Come minimo ha una commozione cerebrale».

«Dov'è la ragazza? Lisa» farfuglia Luca.

Minetti non molla e, senza degnare di uno sguardo l'infermiere, va giù pesante: «Dica piuttosto lei chi è, poi parleremo della ragazza».

«Mi chiamo Luca Bini» risponde mettendosi a sedere. «Qui mi ha portato Lisa, Lisa Traversi. Posso parlare con lei?».

«Dove ha messo il corpo della signora Donnelly?».

«Oh Gesù… Megan è morta?».

«Che fa, prende in giro? Qui c'è sangue ovunque, ma il corpo non c'è. Aspettiamo indicazioni da lei».

«Vi state sbagliando, io non ne so niente. Chiedete a Lisa».

«Ok, capito» taglia corto Eva, «per ora lei viene con noi, è in arresto. Le consiglio di trovarsi un buon avvocato perché è sospettato di presunto omicidio con occultamento di cadavere. Da questo momento - ma penso che lo sappia già - qualunque cosa dirà potrà essere usata contro di lei».

Due infermieri caricano Luca su una barella dopo avergli immobilizzato il collo con un collare. Lui non reagisce, non ne ha la forza, ma vorrebbe chiedere a quell'arrogante poliziotta che lo accusa, come giustifica il colpo che ha ricevuto da dietro, per esempio. E perché sorvola sulla presenza di Lisa o, comunque, la mette in dubbio. L'unica spiegazione è che la Minetti le abbia parlato mentre lui era privo di sensi. È ormai evidente che la chiave di tutto questo sia lei: Lisa. E ora non può che prendersela con se stesso, darsi del pirla, avrebbe dovuto seguire il suo istinto su quella stronza.

E Megan? Dove sarà il suo corpo? Luca sente lo stomaco attorcigliarsi. A quel pensiero un dolore atroce lo annienta.

«Dov'è il mio telefono?» chiede con un filo di voce.

L'infermiere di fianco a lui cerca di blandirlo: «Stia calmo per favore, lo ha requisito la polizia».

«E come faccio secondo voi a chiamare un avvocato?». Luca prova ad alzarsi. Vuole strapparsi la flebo.

«Prima è urgente che lei venga ricoverato. Su, stia sdraiato, non si agiti».

Ora Luca si mette a gridare: «Fa in fretta lei! Io sono innocente! Lo capisce?» e il ragazzo è costretto a iniettargli un forte calmante.

35

Londra

Peter Benson

L'appuntamento con il cliente è all'hotel dove alloggia, il *"Claridge's"*, nel cuore di Mayfair e Peter Benson ancora non sa cosa potrà inventarsi. Il progetto che lo riguarda è tutto in mano a Luca che non si fa sentire da tre giorni, ormai. Ed è inarrivabile: ha il telefono perennemente spento e al residence dove vive a Milano non lo vedono da ieri.

Mentre cammina, Peter ricorda l'incontro con il Bini, arrivato a Londra dalla mattina alla sera, mollando tutto in Italia. Gli aveva inviato il suo portfolio solo il giorno prima e Peter ne era rimasto folgorato: Luca aveva tutte le caratteristiche della persona che stava cercando da tempo e l'aveva chiamato subito.

Il loro primo confronto aveva superato le sue attese, in più a Benson era piaciuto molto il suo modo di fare educato e deciso, competente e temerario.

«Allora, ti aspetto già domani» gli aveva proposto soltanto dopo un'ora di colloquio, ma non era stato facile accalappiarlo. Luca aveva mandato le sue credenziali anche ad altri due grandi studi di architettura londinesi, competitor del suo, ed entrambi erano molto interessati alla collaborazione dell'italiano.

Peter aveva allora alzato la posta, proponendogli il suo lavoro più di prestigio in quel momento, e dopo pochi giorni avevano iniziato a lavorare insieme.

Spesso si trovavano a pranzo per scambiarsi opinioni, aggiornamenti, informazioni e, nonostante Peter per età avrebbe potuto essere suo padre, constatava ogni volta quanto stare con Luca lo arricchiva, lo interessava, lo divertiva.

Durante uno di quei pranzi, si era spinto a chiedergli il motivo del suo trasferimento dall'Italia così repentino, e lui con una risata gli aveva risposto: «Per amore. Io faccio tutto per amore».

Che cosa impensabile per un inglese! Eppure, quelle parole gli erano entrate dentro profondamente rendendolo incapace di indagare oltre. Benson aveva provato quasi invidia per l'uomo che, con quella risposta, aveva rivelato il segreto che rendeva il suo lavoro così diverso e originale.

Ritornò su quella frase dopo un anno di eccellente attività con Luca, alla sua richiesta di un rientro temporaneo in Italia che Peter, sconcertato e molto preoccupato, aveva commentato rigidamente: «Immagino sia ancora *per amore*».

E Luca, questa volta abbassando lo sguardo, aveva semplicemente aggiunto: «Naturalmente».

Peter non voleva perderlo. Gli chiese soltanto se pensava di rientrare a Londra presto. E se, durante la sua assenza, credeva di poter portare avanti dall'Italia gli impegni dello studio attraverso i suoi assistenti. Luca gli aveva garantito tutto.

Benson indugia un po' prima di entrare al *"Claridge's"*, si prepara a temporeggiare, ma sa perfettamente che non potrà tirare troppo la corda con il suo miglior cliente.

In attesa al bar dell'hotel, sente vibrare in tasca il cellulare che aveva silenziato. È Jay, la sua segretaria. Risponde subito, dev'essere urgente, Jay lo sa che non deve chiamare durante gli appuntamenti come questo: «Peter scusa, ma è per Luca… ieri sera è stato arrestato in Italia».

«Cosa? E tu come lo sai?».

«Mi ha chiamato lui, è accusato di omicidio. Ti spiego tutto quando rientri».

«Non ci credo e non ci crederei nemmeno se lo avessi visto…».

36

Luca

La stanza degli interrogatori è come se l'aspettava: angusta, spoglia, i muri grigi, un tavolo al centro con tre sedie e qualche bottiglietta di acqua minerale calda. L'hanno accompagnato due agenti e ora Luca è solo, in attesa di Eva Minetti. Non è preoccupato, non ha fatto niente, non c'entra niente. È molto più forte il terrore di quello che può essere capitato a Megan. A quel pensiero prova un dolore che non lo fa respirare né dormire né mangiare. Un dolore che lo annichilisce. In ospedale c'è rimasto poche ore: si trattava solo di una gran botta, grazie a Dio, senza conseguenze gravi se non uno shock notevole. Poi una notte insonne da recluso e infine qui.

Si spalanca la porta e lui sobbalza. È la Minetti.

«Mi dicono che non vuole un avvocato» esordisce l'ispettrice.

«Sì, non saprei chi chiamare, non conosco penalisti. E poi non ne ho bisogno. Io non ho fatto niente».

«Se non ha una tutela legale, io come faccio a interrogarla e a registrare la sua deposizione? Tutto quello che dirà potrà essere usato contro di lei, se ne rende conto? Non vuole nemmeno un avvocato d'ufficio?».

«Per carità… Registri, faccia quello che vuole, non me ne frega un cazzo. Vorrei essere ascoltato, piuttosto, e vorrei che qualcuno mi spiegasse dov'è finita Lisa Traversi e chi mi ha colpito alla testa» ribadisce Luca.

«Guardi, chiariamolo una volta per tutte: non si è trovata traccia di questa Lisa sul luogo del delitto. Quello è uno stabile adibito a eventi e mostre, non ci abita nessuno e, ieri sera, durante il solito giro, il guardiano notturno trovando lei ha pensato bene di darle un colpo in testa prima di chiamarci. Per inciso, anche lui ha dichiarato di aver visto solo lei. Se adesso vuole parlare, partiamo dall'inizio, allora. Cosa ci faceva in quella casa?». Eva Minetti avvia l'iPad, comincia a elencare le sue credenziali e quelle di Luca quando sente bussare e qualcuno entra nella stanza.

Si gira seguendo lo sguardo di Luca. È una donna elegantissima intorno ai quarant'anni. Capelli biondi, quasi bianchi, dritti e lunghi alle spalle, occhi chiari, naso aquilino. Allunga una mano pallida e curatissima a Luca: «Sono Victoria Barker, il suo avvocato. Non dica più una parola, lasci parlare me».

«Ma io non l'ho chiamata».

«Lei no. Mi ha incaricata il proprietario dello studio di architettura dove lavora a Londra, Peter Benson, attraverso il suo studio legale Milton&Alcot. Per loro io mi occupo delle questioni legali in Italia» e alla Minetti, «Allora ispettore, ora mi mostra le prove che ha contro il mio cliente per cortesia?».

«Non basta che sia stato trovato sul luogo del delitto?».

«Quale delitto ispettore? Mi pare che ancora non abbiate un corpo».

«Ci sono tracce di sangue ovunque, il cappotto e la borsa della signora Donnelly e le uniche impronte sono del Bini. Le telecamere hanno registrato solo il suo ingresso nello stabile da una portafinestra sul terrazzo interno, vuole altro?».

«Tutto questo potrebbe voler dire mille cose e non necessariamente un omicidio. E se invece l'architetto fosse entrato per salvare la signora da un'aggressione? Se l'avesse sentita gridare dall'esterno? Avete parlato con la ragazza che Bini afferma fosse con lui? Questo arresto mi sembra precipitoso per la formulazione di un'accusa così grave. Se ritenete Luca Bini semplicemente un sospettato, ora lo fate uscire di qui e lui resterà a vostra completa disposizione in attesa di materiale probatorio più convincente».

TERZA PARTE

LA TERRA

("È tutta colpa della Luna, quando si avvicina alla Terra fa impazzire tutti", William Shakespeare)

37

New York

"Diamond District"

Alla sua età, 75 compiuti da poco, David Stern rabbrividisce ancora entrando nel grattacielo sulla 47ma strada a pochi passi dal Rockfeller Center.

Non era ancora nato quando suo padre, commerciante di diamanti, fuggì da Anversa a New York dall'invasione nazista del 1940 nei Paesi Bassi per tentare di salvare se stesso e una grande parte del suo capitale come moltissimi ebrei tagliatori, commercianti e rivenditori di diamanti.

Era una tradizione familiare degli Stern il commercio delle pietre preziose, nata con il bisnonno di David e sfumata senza una spiegazione solo quattro anni dopo la fuga di suo padre in America, nel 1944, proprio quando nacque lui.

In piedi, nell'ampio atrio, David si guarda attorno. I diamanti degli Stern erano stati scippati senza il minimo ostacolo dai sotterranei di questo grattacielo in una fredda mattina di novembre. Pochi giorni prima era stato trovato nella Bowery il cadavere di suo padre, straziato da evidenti, atroci, torture. E qui, nei caveau si era presentato, sembra, un inglese, naturalmente anonimo, in possesso del codice e della chiave cifrata e criptata che il padre di David conservava in una cassetta di sicurezza in banca, e aveva *semplicemente* portato via tutto.

Facile. Molto facile. Inutile chiedersi il percorso di quei fatti, impossibile risalire a chi poteva aver saputo che il patrimonio degli Stern si trovava qui. David ha sempre pensato che fosse stato suo nonno, morto nel lager di Dachau, a svelare a un gerarca criminale della Gestapo la fuga del figlio a New York al prezzo di chissà quali sevizie.

David si avvicina al banco della reception. Ieri lo aveva chiamato per un appuntamento Joshua Haussmann, un dirigente della sicurezza, e lo riferisce a una delle ragazze del ricevimento.

«Quarto ascensore a destra, quindicesimo piano, stanza 30. Haussmann la sta aspettando signor Stern».

C'è molta attesa agli ascensori sotto agli orologi che indicano le ore delle quattro capitali dei diamanti: New York, Anversa, Hong Kong e Tel Aviv. Da un lato si scende per i sotterranei dove sono conservati i diamanti e il cui accesso è consentito grazie a un codice. Dall'altro, si sale agli uffici dei responsabili amministrativi.

Al suo turno, Stern sale con un gruppo silenzioso di ebrei ortodossi come lui. Dopo pochi istanti, l'ascensore si apre su un corridoio nero, luci artificiali, nessuna finestra.

Haussmann è un uomo piccolo, grassoccio e chiaramente stempiato, nonostante la mimetizzazione del fedora, il classico cappello nero degli ebrei ortodossi.

«Grazie di essere qui, signor Stern, anche se forse quello che le dirò non cambierà nulla riguardo l'orrendo furto che la sua famiglia ha subito da noi dopo la guerra. Ma, come sa, nessun dubbio va lasciato in sospeso, e noi non abbiamo mai smesso di tenere d'occhio il mercato dei diamanti per un eventuale smercio dei vostri valori, così come quello di tanti che, come voi, hanno perso tutto».

David fa un cenno di assenso in attesa che l'altro prosegua.

«Ci hanno segnalato, infatti, che è stato recentemente venduto sul mercato dell'Arabia Saudita un diamante rosa stupefacente, di 25 carati. Ora, non tutti i nostri commercianti possono vantare un pezzo simile - fra l'altro, impossibile da tagliare - e la *Stern* era allora una delle maggiori aziende del settore, per questo mi domandavo se un diamante con queste caratteristiche è presente nel suo inventario dal momento che la nostra copia dell'elenco è stata trafugata con i brillanti nel '44».

Mentre allunga ad Haussmann una chiavetta USB, a David tremano le dita: «Qui c'è tutto. Ho scannerizzato gli elenchi scritti a mano dei nostri preziosi, ma posso già dirle che penso proprio che si tratti di *"Pink Lady"*, un pezzo unico, purissimo, straordinario, intagliabile. Il simbolo della nostra azienda. Un grave errore, venderla. Ci vorrà tempo, ma chi lo ha commesso prima o poi verrà smascherato».

38

Luca

"Ehi, sono io, Lisa. Ti faccio avere questo cellulare che ci servirà per comunicare fra noi. Non farti idee strane: siamo stati fottuti entrambi, avremo modo di spiegarci... Quello che ora ti chiedo è di buttare il più possibile acqua sul fuoco sulla mia presenza in quella casa la notte in cui Megan è scomparsa. È l'unico modo per poterci rivedere e per

proseguire la nostra ricerca. Mi faccio viva io appena possibile".

Affondato nel divano del residence, Luca legge e rilegge il messaggio di quella pazza. Perché Lisa non può che essere così: una pazza.

Pochi istanti prima un addetto alle pulizie gli aveva consegnato un sacchetto di carta con un panino e una birra.

«Io non ho ordinato niente».

«Non so cosa dirle, è stato portato per lei dal cameriere del bar all'angolo. Lo lascio qui, sul tavolo, eh?» conclude il tipo scappando via subito.

Dentro al sacchetto, sotto a sandwich e birra, c'era un altro involto con un telefono con il display lampeggiante a indicare quel messaggio.

Per precauzione, Luca lo aveva toccato con i guanti e il meno possibile per non cancellare eventuali impronte.

Luca si domanda se non sarebbe il caso di parlarne subito con la Minetti, la tentazione è forte, anche se non cambierebbe di molto la sua situazione di recluso in attesa di giudizio. In attesa di ulteriori accertamenti e prove.

Si domanda se non parlarne almeno con Victoria, il suo avvocato, ma poi la solita paralisi emotiva lo blocca e non sa cosa fare se non attendere gli sviluppi e poi decidere.

E infine non può fare a meno di domandarsi quante possibilità avrebbe di eludere i controlli della polizia e di continuare da solo a cercare Megan, anche a costo di seguire di nuovo Lisa.

Cercare Megan o… il suo corpo. La sola idea lo devasta.

Domattina dovrà tornare in commissariato per un ulteriore interrogatorio dopo le ultime analisi della Scientifica. Come potrà variare la sua versione (reale) dei fatti dopo che ha rotto i coglioni a tutti perché controllassero la presenza di Lisa con lui quella notte?

E come può fidarsi ancora di Lisa, quella inquietante persona?

39

Laura

La febbre è passata. Resta soltanto un po' di naso chiuso e Laura inizia ad apprezzare non poco il lavoro in smartworking. È stato un buon test questa influenza: fare la giornalista da casa si può, e anche se la vita di redazione a volte le manca, è impagabile diventare padrona del proprio tempo.

Anche due passi ogni tanto con Bubba la rilassano. Non che abbia così bisogno di rilassarsi, sa di avere un carattere allegro e solare e che niente la spaventa più di quel tanto. *Una bella fortuna* dice tra sé e, in tuta, si avvicina alla macchina del caffè.

Ma non fa in tempo a inserire la capsula della sua miscela preferita, che sente suonare il campanello.

«Chi è?» domanda e controlla dallo spioncino prima di aprire.

C'è una donna semi nascosta da un documento di identità.

«Polizia, ispettore capo Eva Minetti».

Laura le apre subito. «Che succede?».

«Sto cercando Lisa Traversi che credo faccia la dog sitter anche per lei. Il suo cellulare risulta spento e a casa non c'è» annuncia seria la poliziotta.

«Mi dispiace, da ieri l'ho molto cercata anch'io, ma sempre a vuoto. In questi giorni ho l'influenza, e portare a spasso il mio Bubba per me è un problema, anche se piacevole. Lisa è sparita senza una parola».

La Minetti riflette qualche secondo: «La conosce da molto?».

«Direi di no, solo da qualche mese, i nostri rapporti si sono sempre limitati alla gestione di

Bubba. E, adesso che ci penso, le ho pure dato le mie chiavi di casa, spero di riaverle prima o poi. Di solito sono fuori tutto il giorno, a volte anche la sera, e lei doveva avere la massima libertà di movimento con il mio cane. Mi sono fidata, di Lisa parlavano molto bene i vicini che le affidano i loro cani. Ma entri... mi stavo facendo un caffè, ne vuole uno anche lei?».

Eva annuisce, aggiunge un «grazie» e segue la ragazza in cucina.

«Si accomodi, il caffè si beve seduti». Con una breve risata Laura gli indica uno sgabello dell'isola centrale.

Una bella casa, pensa Eva. Una casa allegra, luminosa e piena di vita come la proprietaria.

Bubba le si siede pesantemente su un piede e la guarda con il testone in su.

Bello anche il cane, potesse parlare...

«E che mi dice di Tess, la coinquilina di Lisa? La conosce? Non troviamo nemmeno lei, pare si sia da poco trasferita per motivi di famiglia».

«Mai vista» risponde Laura di spalle. «Ha sempre avuto orari diversi dai miei, evidentemente. Io la mattina esco molto presto, prima delle otto - lavoro in un quotidiano - e di sera lei è quasi sempre fuori. Almeno questo mi ha detto Lisa. Ecco il suo caffè!».

La Minetti aggiunge un cucchiaino di zucchero nero.

«*Mmmm…* io l'ho incontrata, invece».

«Ah sì? E che tipo è? Mi ha sempre incuriosito».

«Devo dire di non averci fatto molto caso. Una ragazza normale con un'aria pragmatica, piuttosto arrabbiata con l'amica, mi è sembrato».

«Secondo Lisa è una gran rompiballe» aggiunge Laura.

«Grazie per la sua disponibilità e per il caffè, davvero ottimo».

Eva si alza, fa per raggiungere l'ingresso e domanda: «Ha mai visto qualcuno con Lisa? Conosce qualche suo amico o amica?».

«No, mi dispiace. Nelle rare occasioni in cui l'ho incontrata era sempre sola o con qualche cane. È un tipo molto schivo, non parla mai di sé. L'ultima volta che è venuta qui, due giorni fa, le avevo detto di averla vista dalla finestra entrare nel condominio con un gran bell'uomo. Lei ha negato di conoscerlo, ha detto di non averlo nemmeno guardato. Eppure parlavano fra loro fittamente».

Minetti si inchioda nell'anticamera: «Che tipo di uomo? Me lo può descrivere?».

«Alto. Con un'espressione un po' tesa e uno sguardo stanco e intenso. Testa rasata. Giacca in pelle tipo Shott, jeans chiari e stivaletti Blundstone. Un genere Bruce Willis di vent'anni fa».

È Bini pensa Eva, e con un sorriso commenta: «Certo che l'ha guardato bene».

Laura ride: «Per forza! Un figo così è piuttosto raro. Tanto che ho detto a Lisa che se voleva tenerlo nascosto la capivo».

40

Studio del dottor Rizzi

«Buonasera dottore, e grazie per avermi ricevuto subito».

Rizzi stringe la mano alla giovane ispettrice un po' rigidamente, e la invita ad accomodarsi in una delle poltrone del *vis à vis*.

La Minetti lo aveva chiamato solo mezz'ora prima. Lui, proprio in quel momento, aveva finito le sedute del giorno quindi la poteva incontrare anche subito, e glielo aveva detto, ma avrebbe voluto avere almeno il tempo di riflettere su cosa poterle dire della sua paziente (e magari anche di rimettersi le scarpe, invece se ne era dimenticato). Aveva anche premesso che il segreto professionale gli avrebbe impedito di svelare il contenuto delle sedute di Lisa, tuttavia l'altra aveva insistito: «Non importa, parlerò io e lei valuterà se ritiene di poterci aiutare. In questa vicenda ci sono già due probabili omicidi, dottore».

Mentre la ascolta, il medico si trova a osservare con curiosità quella ragazza, e non solo per distorsione professionale. Non più di trentacinque anni, altissima, tonica, nervina. Uno sguardo nocciola penetrante e profondo, in un contrasto cromatico straordinario con i capelli, biondo molto chiaro, tagliati corti, irti in ciocche che spesso lei scompagina passandosi le dita di entrambe le mani e svelando, con quel gesto, un piccolo *Enso* tatuato sul polso sinistro. Bella, indubbiamente. Interessante. Gli piacerebbe sapere cosa l'ha spinta a fare quel lavoraccio.

«... come le dicevo per telefono, in casa di Lisa Traversi avevo notato un post-it sul frigorifero con il suo nome per un appuntamento, per questo sono qui». Una voce la sua, definita e chiara, ma molto musicale, femminile. Insinuante. Seduttiva.

«Mi sta seguendo, dottore?».

Rizzi si accorge di essere stato totalmente distratto dalla personalità di Eva e cerca di recuperare: «Certo. Mi sta dicendo che Lisa da due giorni non si fa trovare. Le confermo che anch'io l'ho cercata senza fortuna, e sono preoccupato perché non sta bene».

«Le ho detto qualcosa di più, mi pare».

Eva è troppo seccata. E lo dimostra a Rizzi con uno sguardo torvo. Sta parlando da almeno un quarto d'ora sintetizzando le vicende del caso Donnelly e chissà se questo svalvolato senza scarpe ha afferrato qualcosa.

«Non si preoccupi, ho registrato tutto quello che lei ha detto, ma esattamente cosa si aspetta da me?».

«Mi aspetto un aiuto per inquadrare la ragazza, cos'altro? Lei se ne sarà fatto un'idea».

«Come medico, devo dire che la diagnosi per me non è stata complicata e, le confesso, ancora prima di incontrare Lisa di persona. Ma di questo, le ho già premesso che non posso svelarle molto».

«Può almeno dirmi se secondo lei può arrivare a uccidere qualcuno?».

«Tutti noi siamo potenziali assassini, almeno con il pensiero».

Eva storce il piccolo naso: «Non faccia lo strizzacervelli. Credo abbia ben compreso cosa le sto chiedendo».

Rizzi appoggia il mento alla mano e tra le lunghe dita sussurra: «Sì, Lisa potrebbe uccidere non solo con il pensiero».

Eva osserva l'uomo davanti a lei. È pensoso e in questo momento sembra quasi sofferente. Le è piaciuto subito, appena visto sulla soglia dello studio. Le ha immediatamente trasmesso autorevolezza e competenza, serietà e rigore, ma anche fascino e autenticità.

E quando il medico riprende a parlare la distratta è lei.

«Non posso dirle quasi nulla, almeno per il momento, ma mi piacerebbe aiutarla e, allo stesso tempo, vorrei aiutare la mia paziente. Dovete trovarla al più presto, altrimenti è capace di distruggere e di autodistruggersi senza un limite».

«Stiamo facendo il possibile, ma sembra essersi dissolta nel nulla. Abbiamo provato anche a rintracciare l'amica Tess che però purtroppo ha appena lasciato Milano».

Rizzi la guarda negli occhi con evidente stupore e per un attimo a Eva tremano un po' le gambe.

«Non mi dica che non avete ancora capito…».

«Che cosa, scusi?».

«Qualcosa che a voi avrebbe dovuto essere molto più facile capire che a me. Ma prima di continuare a parlare le devo chiedere di non rendere pubblica l'informazione che le sto per dare, almeno per ora».

Rizzi aspetta una conferma con gli occhi improvvisamente freddi inchiodati in quelli di Eva. E solo quando lei annuisce lui continua: «Tess non esiste. Lisa è Tess e Tess è Lisa. Il problema psichiatrico di Lisa rientra nel raggio del disturbo dissociativo dell'identità o personalità multipla. In sintesi, si tratta di alterazioni di sé che si alternano. Per cercare di spiegarle in termini non troppo tecnici, Tess è un alibi psicologico di Lisa per fuggire la realtà. Tess è l'amica immaginaria, la parte di lei più autentica, l'unica sua vera interlocutrice. L'unica che può, per esempio, parlare direttamente con le sue figure di riferimento. Sembra che anche la madre di Lisa (che, *attenta*, da nubile di cognome faceva Benni, come Tess) parlasse alla figlia attraverso Tess, di solito per telefono. Oggi, in temporanei distacchi di coscienza, Lisa diventa la Tess che fissa gli appuntamenti con me, che parla con la polizia, che frequenta le compagne di università, i ragazzi che la corteggiano…».

Eva non riesce a commentare.

All'istante mille tasselli scomposti nella sua mente si allineano spontaneamente, e quasi si vergogna della superficialità sua e dei suoi collaboratori nella scarsa attenzione rivolta a quella ragazza.

All'inizio Lisa sembrava un elemento secondario e ora quello che Rizzi le ha svelato dimostra che nel suo lavoro mai niente dev'essere sottovalutato. Anche la minima pista va seguita e approfondita fin da subito.

Si alza e, imbarazzata, allunga la mano al medico: «Grazie dottore, mi è stato di grande aiuto».

Rizzi trattiene qualche secondo in più le sue dita: «Deve trovarla in fretta, ispettore. Quello che posso fare a mia volta, è avvisarla nel caso si facesse viva con me, come Lisa o come Tess. È molto improbabile, ma potrebbe capitare nel momento in cui si trovasse totalmente sola con i suoi demoni. Credo di essere l'unica persona della quale, anche se inconsciamente, Lisa pensa di potersi fidare e, se da un lato non la tradirei mai, dall'altro a questo punto ritengo di doverla salvare obbligandola a un immediato ricovero».

«Le ha mai parlato di Megan Donnelly?».

«No, non ce n'è stato il tempo in sole due sedute. Ma da quello che mi ha raccontato lei ispettore, mi è evidente che in quella donna Lisa pensa ossessivamente di poter scoprire qualcosa di sé. La ama e la odia perché avverte in lei confusamente il richiamo di potenti traumi infantili, similitudini con persone adulte di riferimento da esorcizzare o, al contrario, capire, perdonare e accogliere. Purtroppo però lo tsunami che questi sentimenti le creano nella mente, porta inevitabilmente soltanto alla distruzione dei suoi idoli malefici oltre che di se stessa».

«Anche il sesso le può provocare le stesse reazioni?».

«Sicuramente. Sono certo che nel momento in cui Lisa desidera un uomo, si sdoppia. Tess lo vuole possedere, Lisa lo vuole uccidere. Se il sesso per ciascuno di noi significa abbandonarsi all'irrazionalità e al piacere, per Lisa corrisponde a ricordi lontani di orge in onore del Male. Il suo disturbo *dipende sempre* da forti traumi infantili... Mi scusi, siete al corrente delle sue origini, vero?».

«Sì, almeno su questo abbiamo indagato. Era il minimo da parte nostra, tuttavia non abbiamo dato sufficiente peso alla cosa» conclude Eva abbassando gli occhi.

41

Colin

Un appuntamento strano quello che l'uomo gli ha comunicato per telefono. Verso Segrate, dopo lo store di *Mediaword*, dentro al vecchio macello diroccato di via Rubattino. «Ho bisogno di aggiornarti dove nessuno ci senta o ci veda. Trovati lì alle otto» gli aveva detto senza una parola in più e senza permettergli di ribattere.

Ora Colin è qui, il buio è quasi totale. Gli spazi sono enormi e non sa dove esattamente si trovi l'altro. Le pareti fatiscenti gli incutono il panico. A terra, sporche tracce di ricoveri temporanei, cartoni, rifiuti di bevande e cibo, escrementi.

Un topo grande quasi come un gatto esce da un groviglio di arbusti cresciuti all'interno e gli schizza davanti squittendo.

Dell'uomo Colin avverte prima solo la voce uscire dal nulla, e sussulta.

«Sono qui».

Poi se lo trova davanti. Il volto graffiato dai riflessi del sigaro acceso.

«*"Pink Lady"* è stato venduto in Arabia Saudita. Ciò significa che per noi è finita. Abbiamo definitivamente perso tutto. E ciò significa anche che i miei dubbi su tua moglie erano fondati perché soltanto un'incompetente poteva decidere di vendere subito il pezzo-firma della collezione Stern».

Colin è come un pezzo di legno: «Io... Non credo che...».

«No no, non parlare, diresti solo banali idiozie» lo interrompe l'uomo, «devi ascoltare invece, e anche molto attentamente. Ora, perché non risalgano al nostro furto e soprattutto perché non risalgano a me, devo eliminare le connessioni con mio nonno».

«Quali connessioni? Dopo la morte dell'ultimo *silent listening* due anni fa - l'unico che avrebbe potuto condurre le indagini a noi - solo io sono al corrente che anche tuo nonno lo fosse e che sia riuscito a incastrare il nazista prigioniero a *"Donnelly Court"* che aveva messo le mani sul tesoro degli Stern».

«Appunto. E come abbiamo visto, tu non sei una connessione affidabile. Potrei scommettere che anche il conto *Gold* di Londra sia già stato prosciugato, o sbaglio?». Colin si tradisce con il silenzio, non può rispondere nulla, non ha la minima chance.

«Immaginavo. Quindi sei tu la prima connessione da eliminare. Poi toccherà a tua moglie, sempre che riesca a ritrovarla. Ti avevo avvisato che puoi dire soltanto idiozie inutili, o no? Adesso apri la bocca».

L'uomo gli si avvicina a poco più di un palmo. Ha in mano una pistola sulla quale avvita lentamente un silenziatore. Colin è impietrito, cerca di scansarsi, ma le sue gambe non rispondono. Vorrebbe parlare, ma la sua voce non esiste più.

«Apri la bocca ho detto, o ti spacco i denti!» grida l'uomo arpionandolo per il mento in una stretta della mano come in una morsa.

Colin si accascia a terra. «Ti prego, aspetta…».

«Aspettare cosa, Donnelly? La mia pazienza si è esaurita».

L'uomo si piega sulle ginocchia. Con un colpo dopo l'altro dell'impugnatura del revolver gli spacca la mascella e lo obbliga ad aprire la bocca. Inserisce la canna e preme il grilletto. Poi estrae dalla tasca un coltello da caccia e procede a recuperare l'elemento essenziale per la definitiva chiusura del piano. E le sue labbra disegnano una smorfia beffarda mentre considera che si sarebbe divertito molto di più a fare quello che sta facendo prima di ammazzare quel povero cretino.

42

Luca

Eva Minetti è nervosissima. È chiaro sia a Luca che a Victoria dal suo ingresso nella stanza degli interrogatori e dal modo sbrigativo delle sue mani mentre dispone alcuni fogli davanti a sé prima di parlare.

«Buongiorno, solo in poche ore le novità sul caso Donnelly sono diventate tante».

Luca la guarda in aspettativa.

«Anzitutto» continua Minetti sedendosi, «il marito della signora Donnelly questa mattina è stato trovato morto».

Luca fa un salto sulla sedia: «E com'è successo?».

«Omicidio. Gli hanno sparato in bocca. Stia tranquillo, non può essere stato lei. Abbiamo saputo dal portiere del suo residence che ieri lei non si è mai mosso dall'appartamento tutto il giorno, e la morte di Donnelly sembra essere avvenuta fra le diciannove e le ventuno».

«Avete già verificato… Grazie per la fiducia, ciò significa che comunque per voi io resto un sospettato» commenta amaramente Luca. Victoria, fino a quel punto muta e immobile come una statua, gli sfiora il braccio per ricordargli di parlare il meno possibile.

«Direi di sì, ma se fino a qualche ora fa lei era il primo e unico indiziato, ora le cose hanno preso una piega completamente diversa, grazie anche alla testimonianza di una vicina di casa e cliente di Lisa Traversi che ha confermato di avervi visti insieme il pomeriggio del giorno in cui poi è avvenuto il fatto per il quale lei è stato fermato».

«Da quello che sta dicendo, immagino che non abbiate ancora trovato questa Lisa» sottolinea Victoria.

«Esatto. La Traversi è introvabile. Ma abbiamo nuovi indizi che farebbero pensare che sia stata effettivamente con lei in quello stabile» ribatte la Minetti e, riferendosi volutamente a Luca, «La Scientifica ha rilevato sul terrazzo soltanto un'orma di scarpe diverse e più piccole vicino alle sue e altre simili sommariamente cancellate, e i nostri esperti si dichiarano certi che qualcuno a tratti abbia interrotto le telecamere. Per questo la registrazione riprenderebbe soltanto i momenti in cui si vede entrare nello stabile solo lei. Anche dall'esame del suo cellulare, che ora le restituisco, risultano contatti fra lei e la ragazza. Allora, come può capire, ho un bel po' di domande da farle».

«Il mio cliente le ha già detto tutto ieri, ispettore. E come vede, ha detto la verità. Cosa potrebbe aggiungere d'altro?».

«Molte cose, avvocato. Primo: in quali rapporti è realmente con la signora Donnelly. Secondo: perché si è prestato in apparenza così incoscientemente a seguire in quello stabile la Traversi, una perfetta sconosciuta e neanche tanto in sé. Terzo: di cosa esattamente è al corrente attraverso la signora riguardo gli affari dei Donnelly. Quarto…».

«Capito, si fermi» Luca la blocca e stoppa anche Victoria con un gesto della mano. Estrae dalla tasca della giacca il cellulare che gli ha inviato Lisa e lo getta sul tavolo. «Cominciamo da qui, il resto è secondario».

43

Lisa

Mi sono nascosta con il cappuccio dell'*hoodie* calato fino agli occhi. Ho legato i capelli e indossato gli occhiali da sole più scuri possibile anche se ormai è buio. Volevo assolutamente recuperare la scatola dentro l'armadio di casa mia, ma adesso capisco di non poterlo fare.

Le luci sono accese. Dietro alle finestre intravedo sagome muoversi da una stanza all'altra. La polizia, sicuro. Stanno perquisendo l'appartamento. Mi nascondo dietro un angolo e vedo uscire dal condominio Laura con Bubba. Il cane si ferma. Si gira verso di me. Lei lo strattona e lo obbliga a continuare la passeggiata. Ma lui mi ha sentito. A ogni passo si blocca, borbotta e guarda fisso verso il mio angolo nell'ombra finché finalmente Laura lo trascina nell'area cani.

Ormai i poliziotti avranno trovato e aperto la mia scatola, devo rinunciarci. Devo fuggire. Ma prima di scomparire per sempre da questa città voglio ritrovare e distruggere Megan.

Se prima avevo dei dubbi sul concetto di malvagità, ora mi è tutto chiaro.

La malvagità è lucidità estrema, a senso unico, mirata a uno scopo.

La malvagità non ha fretta nel perseguire gli obiettivi più insospettabili.

La malvagità si traveste ogni momento e si adegua a qualsiasi persona o situazione.

La malvagità è inganno, con se stessi e con gli altri.

La malvagità non si insegna né si può imparare, è parte integrante di chi la esercita.

Chi è malvagio non ha bisogno di chiarirsi se lo è: sa di esserlo e ne gode.

Questo vorrei dire al dottor Rizzi.

La malvagità esiste e ha il volto e i modi di Megan. Ora lo so.

Raggiungo i giardinetti dietro a via Restelli. È pieno di persone sole, uomini per lo più. Gente senza casa, come me ormai. Mi siedo su una panchina, prendo il cellulare e scrivo a Luca.

Volo British Airways 2301, Milano-Londra

Una hostess avvisa i passeggeri che prima del decollo c'è il tempo per un'ultima telefonata. L'uomo ne approfitta subito.

«Ciao, per me tutto ok. Tu dove sei?».

«Ciao. Finalmente chiami. Com'è andata? Io sono dove in questo momento devo essere, lo sai».

«Non ho avuto un attimo finora. Sono ripartito appena ho potuto. E non penso di riuscire a raggiungerti prima di una settimana almeno. Gli affari a Milano si sono conclusi, ma ci sono stati piccoli, spiacevoli imprevisti, compreso il fatto che non si sa dove sia finita la ragazza. Pensavo che avresti trovato il modo di liberartene definitivamente. Ora dobbiamo essere ancora più cauti».

«Non mi preoccuperei. Credo sia meglio per lei non farsi trovare, e non solo da noi».

«Se lo dici tu».

«Mi pare di non averti deluso finora, o sbaglio?».

«Certo che no. Devo dire che il massimo l'hai raggiunto con l'idea di quella vendita impossibile. Mi hai davvero stupito».

«Ti fermerai a Londra?».

«Sì, meglio non muoversi subito. E poi ho bisogno di sistemare un po' di cose anche lì. Devo chiudere ora. Ti richiamo da Londra, sempre a questo numero».

44

Eva

Ci sta poco in casa Eva. Anzi, sempre meno. Forse per questo, ogni volta che ci torna, riesce a rilassarsi completamente, anche se per poche ore. Quelle della notte, quando va bene, come stasera.

Lascia la sua Harley Davidson 883 in garage, sale quattro piani a piedi e finalmente si chiude la porta alle spalle. Poi si toglie scarpe e abiti in meno di un minuto e getta tutto sul letto. Indossa tuta e sneakers e va in cucina: sono le undici, non tocca cibo dalla mattina. Non ha fame, ma deve assolutamente mandar giù qualcosa.

Si prepara un sandwich al formaggio, apre una bottiglia di vino e porta tutto in soggiorno.

Ama cenare sul suo grande divano: da lì fa vagare lo sguardo dalla terrazza illuminata al cielo, e quasi sempre riesce a non pensare più a niente.

È stata una grande occasione acquistare quella casa dieci anni fa. A Eva è sempre piaciuta la zona un po' industriale in cui si trova oltre la stazione di Lambrate che, in poco tempo, almeno da quando lei ci vive, è diventata una delle più cool di Milano ospitando gallerie d'arte moderna e di design.

Il suo appartamento è all'ultimo piano di un complesso d'angolo che guarda su via Ventura. Il proprietario aveva urgente bisogno di vendere e in quel momento la zona non era ancora così richiesta. Fu un vero affare: 180 metri quadri a ridosso delle nuvole milanesi, una sorta di loft con grandi finestre che Eva non ha mai fornito di inutili tende, a un prezzo impensabile.

Stasera però Eva non riesce a staccare la mente dagli eventi delle ultime ore.

Ieri, l'incontro con lo psichiatra l'ha totalmente destabilizzata.

Ciò che lui le ha rivelato, ha smosso tutte le sue antiche fragilità, il senso di inadeguatezza che da sempre cerca di combattere e vincere. Rizzi ha minato quel perfezionismo estremo che l'ha condotta, alla sua giovane età, a coprire ormai da qualche anno il ruolo di ispettore capo della polizia.

Eva ripensa agli anni di studi, all'accanimento nel perseguire quel traguardo, alla ferrea volontà di farsi rispettare dai colleghi, soprattutto maschi, spesso molto più vecchi di lei. E tutti sempre così diffidenti per la sua provenienza sociale privilegiata da una famiglia di noti imprenditori lombardi.

Oggi può dire di avercela fatta, ma odia sbagliare. E non le capita quasi mai.

Non può capitare. Lo ha giurato a suo fratello, sulla sua tomba, che avrebbe dato il meglio di sé.

Marco. Ogni volta che pensa a lui le si riempiono gli occhi di lacrime. Ogni volta che lo osserva ridere nella grande foto in bianco e nero sul cassettone sa che non si rassegnerà mai.

Lui, il suo mito. Il fratello maggiore che la proteggeva sempre. Eva lo seguiva, per quanto poteva, in tutte le sue passioni. Le moto, per esempio. La cultura giapponese. Le arti marziali.

Era nel pieno della vita, destinato a un futuro brillante di docente universitario, quando in un tardo pomeriggio di ordinaria follia, Marco era caduto, sotto casa, proprio davanti ai suoi occhi, ucciso a coltellate da un delinquente in cambio dell'orologio e di poche decine di euro.

Stavano rientrando insieme quel giorno, Marco era andato a prenderla da un'amica, glielo aveva chiesto Eva perché la sua moto era rimasta in panne e, arrivati a casa, lui si era accorto subito del tipo fermo nell'ingresso che si stava calando sul volto un passamontagna. E, immediatamente, aveva schermato Eva con il suo corpo: «Stai dietro di me, non ti muovere». È successo così che, in pochi secondi, lui non c'era più e lei era salva.

In quel momento, coperta del sangue di Marco, abbracciata a lui per terra, Eva aveva deciso la sua strada, non foss'altro per arrivare a conoscere il suo assassino tuttora ignoto, fuggito fra la gente ignara e indifferente.

Per ogni caso che le capitava fra le mani, non aveva mai perso quell'obiettivo anche se sapeva che sarebbe stato impossibile raggiungerlo.

Non sarebbe mai stata in grado di riconoscere l'uomo mascherato. Ma combatteva ogni giorno con delinquenti simili e, quando le capitava di fermarne uno, per lei era come fosse il criminale con il passamontagna che aveva ammazzato suo fratello.

A Eva adesso si è chiuso lo stomaco, non riesce a finire il sandwich. Torna in cucina, e lo getta in pattumiera.

Nella vicenda Donnelly per ora ha perso solo tempo prezioso, ignorando dettagli fondamentali e sa di dover informare la squadra delle novità illuminanti su Lisa Traversi. Non ne ha avuto ancora il coraggio, dimostrare imprecisione l'avvelena, ma non può evitarlo e chiama Petri.

«Eva... ma che ore sono?».

«Qualunque ora va bene per dirti quello che devo. Stavi dormendo?».

«Be' sì, ma non importa».

«L'informazione non va divulgata al di fuori di noi: Tess Benni... non cercatela più. Non esiste».

45

Lisa

Non voglio passare la notte all'aperto. So dove trovare riparo. Mi conviene restare in zona: la polizia sicuramente non mi cercherà proprio nel rione dove abito.

In una piccola traversa, proprio qui dietro l'angolo, c'è un'azienda grafica in ristrutturazione alla quale mancano ancora i vetri delle finestre e la porta d'ingresso. È uno scherzo entrarci, basta scavalcare la recinzione ed è fatta.

Cammino svelta nella notte, a parte gli homeless nei giardini, le strade sono deserte. Arrivo davanti al cantiere. Mi guardo intorno, nessuno alle finestre nelle case vicine, nessuno a piedi.

È tutto buio. Mi arrampico facilmente sul cancello e in un attimo sono dentro. Uso una pila piccola per sicurezza e indirizzo il fascio a terra. L'interno è completamente vuoto, appena imbiancato. Mi fermo al pianoterra e con mia grande sorpresa vedo che i bagni sono già finiti. Provo senza speranza i rubinetti, invece… non posso crederci: esce acqua fredda, meglio di niente. Metto la faccia sotto il getto gelido e riprendo un minimo di forza, il fuoco che ho dentro si placa un po'. Tolgo dallo zaino il plaid che mi porto dietro da due giorni, lo metto a terra e mi ci sdraio sopra. Sono a pezzi. In tutti i sensi. Spengo la torcia. Devo riposare almeno un paio d'ore, poi prima dell'alba mi ributterò per strada.

Penso a Luca che ancora non ha risposto. Da quello che ho letto nelle news di cronaca è tornato al residence in semilibertà, quindi deve per forza aver ricevuto il cellulare che gli ho fatto consegnare e letti entrambi i miei messaggi.

Non è stato facile pensare a dove incontrarci, poi un'idea: nella chiesetta del rione Abbadesse. Potrò parlargli nascosta in uno dei confessionali, a quell'ora di sicuro vuoti.

Tum tutum tum tutum... il mio cuore si capovolge, all'improvviso mi manca il respiro: tutto questo è molto rischioso, spero che quell'idiota non faccia cazzate e non ne parli con la polizia. Ma non ho scelta, da sola non posso farcela e lui è l'esca migliore per ripescare Megan.

Non riuscirò a dormire, lo so, ho l'adrenalina alle stelle. La testa in totale subbuglio e ho dimenticato i farmaci di Rizzi a casa. E poi quella scatola... ormai sarà nelle mani della polizia. Avranno scoperto tutto, trovato le mie lettere a Tess, i ritagli e i ricordi della mia vita *nera*.

Tum tutum tum tutum... non trovo pace, non respiro quasi più. Mi metto a sedere e il cellulare vibra nelle mie mani. *"Ci sarò"*.

Perché il messaggio di Luca non mi convince?

Cambio idea. Riunisco le mie cose ed esco.

46

Hotel *"Regina"*, Parigi

La prima parte è andata. Megan disfa il bagaglio a mano e ricontrolla i suoi nuovi documenti preparati in tempi non sospetti da un falsario di Cambridge.

Sono perfetti. Non è stata fermata da nessuno negli aeroporti, nessuno ha sollevato dubbi.

Ha dovuto rinunciare ai suoi capelli lunghi castano dorati e nasconderli con una parrucca. Ora è una broker di Londra, si chiama Sandy Wincott, ha lenti a contatto azzurre e un caschetto molto scuro alla *Valentina* di Crepax. Ha sostituito tailleur e accessori di griffe famose con anonimi completi pantalone grigi e classiche camicie di seta.

Si osserva nello specchio dell'armadio, è soddisfatta: di Megan Donnelly è rimasto molto poco. È assolutamente sicura di non essere riconoscibile.

Isola bene con un sacchetto di plastica la fasciatura della ferita sul braccio perché non si bagni. Le fa ancora male. C'è voluta tutta la sua freddezza per tagliarsi, ma lasciare il suo sangue in quella stanza era l'unico modo per rendere credibile la scena.

Si spoglia e si allunga nella schiuma calda della vasca da bagno. Ha sempre saputo di essere imbattibile, pronta a tutto, quando vuole una cosa, qualunque essa sia e, in questo caso, dalla sua ci si è messo anche il destino, imprevedibilmente favorevole, a sciogliere gli ultimi nodi del suo progetto. È stato soprattutto l'incontro con quella squilibrata di Lisa che le ha permesso una straordinaria accelerata e di anticipare la fuga bypassando l'arrivo di Luca con un incastro perfetto.

Luca. Alla fine si capirà che non c'entra niente in questa storia, ma a quel punto lei sarà lontanissima e al sicuro. Si è divertita con lui, ma niente di più. Le è stato utile per evadere dalla noia, per ammazzare la lunga attesa obbligata per arrivare fin qui.

Bello, interessante, scopa bene, ma anche appiccicoso e banale in questo suo folle innamoramento. È stato uno scherzo essere come lui la voleva. Un uomo mai uscito dall'adolescenza, invasato e perso ancora nell'idealizzazione assoluta. Che noia.

Persino Colin aveva fatto in fretta a capire che lei è incapace di amare qualcuno oltre a se stessa. Persino Colin aveva intuito quasi subito che lei *è sempre* come la vuole chi le capita davanti.

E ride, ride senza freno immaginando Luca distrutto all'idea che lei sia morta.

Esce dalla vasca e si avvolge nell'accappatoio dell'hotel. La sua tabella di marcia ora prevede un incontro a cena determinante e poi domani lascerà per sempre Parigi.

47

Luca

«È assolutamente improbabile che la Traversi capisca che lei porta addosso questo microfono, stia tranquillo». Mentre un poliziotto sta inserendo un aggeggio piccolo come la capsula di un farmaco dentro la cover del suo iPhone e un altro identico nella cucitura dei suoi jeans, Eva Minetti gli ripete come domattina dovrà attivarli e i punti chiave del loro programma.

«Noi saremo vicini, ma a distanza di sicurezza perché la ragazza non sospetti nulla. Per ora non intendo arrestarla perché dobbiamo farci condurre da lei a Megan Donnelly, viva o morta che sia. Quindi la sua collaborazione, architetto, non può fallire. Non dovrà mai perderla di vista, cercare di estorcerle anche la minima informazione. Noi per ora non possiamo intervenire, capisce?».

«Non sospetterà della mia improvvisa libertà di movimento?» ribatte Luca.

«Ho sistemato anche quella questione. Ho parlato con la stampa dichiarando che lei, pur restando sotto osservazione, non è più in stato di fermo e nemmeno in libertà vigilata. Certo, non potrebbe lasciare l'Italia. Nel caso si dovesse verificare questa opzione, ci penseremo. Ora iniziamo a raccogliere la versione di Lisa dei fatti dell'altra sera, magari sarà sufficiente».

L'agente ha finito il suo lavoro. Lui ed Eva lasciano la stanza per provare gli apparecchi poi rientrano.

«Tutto ok, si ricordi che se perdesse uno dei due trasmettitori, c'è comunque in funzione il secondo. A domattina, allora» conclude Minetti con un sorriso stanco, ma subito aggiunge: «Come torna al residence?».

«A piedi o in metropolitana».

«Venga con me, la porto io in moto. Sono di strada, posso lasciarla all'imbocco di corso di Porta Nuova da via Moscova».

Luca la guarda come se la vedesse per la prima volta: «Non ho il casco».

«E se ci fermano pensa che le direbbero qualcosa sulla moto di un ispettore capo di polizia?». Eva non trattiene una risata che lui, sorpreso, trova irresistibile.

48

Lisa

Mi ci è voluto poco a raggiungere il residence di Luca. Ho abbandonato la bicicletta nella via a fianco e sono arrivata a piedi. Ora devo capire come fare per entrare. È ormai tardissimo, probabilmente la portineria è chiusa.

Non conosco il numero del suo appartamento e non potrei chiederlo. Seduta sugli scalini dell'ospedale di fronte, osservo l'ingresso con la speranza di cogliere l'uscita o l'entrata di qualcuno degli ospiti. La via è quasi deserta, a parte qualche paramedico a fine turno che si avvia alla fermata dell'autobus. E nessuna auto della polizia di controllo per Luca.

E poi lo vedo. Vedo Luca arrivare a piedi da via Moscova. Poco prima che entri al residence gli piombo con un salto alle spalle.

«Luca...». Lui si gira di scatto, sembra impaurito, ma subito dopo nei suoi occhi leggo rabbia e odio, quasi. «Che ci fai qui? Non dovevamo vederci domattina alla chiesa delle Abbadesse?».

«Ho cambiato idea».

«Sempre attendibile, tu... cosa vuoi?».

«Dobbiamo parlare, fammi salire da te».

«Sono controllato dalla polizia, non è possibile».

«Inventati qualcosa, ti aspetto qui. E lasciami il telefono, non mi fido».

«Ah, ora sei tu che non ti fidi di me, brutta stronza? Vaffanculo» e mentre si gira e sta per piantarmi qui, lo incalzo: «Non ti interessa sapere cosa è successo? Non vuoi ritrovare Megan? Te l'ho detto: siamo stati fottuti entrambi».

Mi guarda incerto. Sta pensando… l'ho beccato! Non fa una piega quando gli sfilo dalle mani il cellulare e subito dopo entra nel residence.

49

New York

Sei di mattina. David è già sveglio. Ha sempre dormito poco e invecchiando ancora meno. Questa è l'ora che ama di più. Quando ancora moglie e figli sognano e lui può godersi nel silenzio la vista del Central Park dall'alto del ventiquattresimo piano. La vita che già si snoda veloce nelle strade e sui tetti di Manhattan. I portieri del *"Pierre"* che sbadigliano di nascosto all'ingresso dell'hotel. I tombini che ancora fumano dalla notte. I taxi che sfrecciano con i clacson impazziti. E la luce nitidissima che inizia ad accarezzare i grattacieli.

Non fa che pensare all'incontro con Haussmann: da quel momento un filo di speranza si è insinuato in lui. Forse non tutto è perduto. Forse dalla vendita di *"Pink Lady"* potranno risalire all'autore del furto. Forse si potranno recuperare almeno parzialmente i beni della *Stern*.

Dopo l'università, David aveva ripreso il commercio di brillanti, ricostruendo a fatica l'azienda di famiglia con un piccolo gruppo di tagliatori esperti e via via negli anni acquistando merce, anche se certamente non poteva dire di aver raggiunto nemmeno un decimo della fortuna di allora.

Il caffè stamattina gli sembra abbia più aroma. Il riscatto è alle porte. Giustizia sarà fatta.

Esce senza far rumore per raggiungere il suo ufficio nella 47ma strada. A volte ci va a piedi per fare un po' di movimento, ma oggi decide di prendere la metro. Ha fretta, deve concludere un acquisto da un rivenditore di Anversa in ballo da qualche settimana.

Sul treno trova facilmente posto a sedere, c'è poca gente, e ne approfitta per scorrere i titoli nella pagina economica del *"New York Times"*.

«C'è il signor Haussmann che l'attende» gli annuncia la segretaria al suo arrivo in ufficio, «non sapevo che aveste un appuntamento. Ho pensato di farlo accomodare nel suo studio».

Infatti. Non aveva un appuntamento con Haussmann. Già novità in arrivo?

David si precipita in studio senza nemmeno togliersi il soprabito. L'uomo lo saluta a stento. Non si alza dalla poltrona e gli rivolge uno sguardo teso. David è perplesso: «Che succede?».

«Una brutta storia Stern, davvero brutta, che la riguarda. È lei che deve darmi spiegazioni».

«Non capisco a cosa si riferisce. Non facciamo indovinelli, per favore».

«Sono certo che ne sia al corrente, comunque da Parigi giunge notizia verificata da uno dei broker intermediari che la vendita di *"Pink Lady"* è stata organizzata da lei sul mercato arabo, insieme con altri pezzi della collezione Stern. Ciò significa molte cose e, soprattutto, che ha infranto qualsiasi codice etico e morale fingendo stupore con me quando l'altro ieri ne parlammo».

«Non può credere a una cosa simile! Non ne so niente, le dico. Chi è questo broker?».

Haussmann apre la valigetta ai suoi piedi e ne estrae un foglio. «Il broker naturalmente vuole restare anonimo, ma ha fornito a un nostro investigatore questo documento dove appare chiaramente un passaggio di proprietà dei valori e un conseguente versamento criptato nel conto di una banca di Zurigo. Il broker ha anche aggiunto che il nome del mediatore dell'operazione è il suo, David Stern. Non penso che si tratti di un omonimo... Ora le domando: come e quando ha recuperato il furto del 44? Perché non ci ha avvisati? Immagino per godere dell'assicurazione che le ha permesso di ricostruire l'azienda».

David scorre incredulo il documento che gli ha allungato Haussmann.

Chi può aver ideato una menzogna simile? Una menzogna costruita alla perfezione, difficile da smentire. Anzi, impossibile dal momento che il sedicente David Stern ha criptato anche il nome dell'istituto bancario svizzero.

«Non sono io, anche se mi è impossibile dimostrarlo».

«Talmente difficile da sembrare vero. Non la denuncio per rispetto della sua famiglia, ma le comunico che da oggi non le è più permesso l'accesso al *"Diamond District"*. Dovrà ritirare entro tre giorni ciò che vi è depositato e uscire definitivamente dalla comunità ebraica del commercio di diamanti. Con l'assicurazione, se la vedrà lei. Non è escluso che sia già partita la denuncia».

David non aspetta che Haussmann se ne vada.

Si sorprende di avere la mente completamente e immediatamente vuota.

Esce per strada. Si ferma qualche istante a guardare il cielo, ora senza una nuvola. Magnifico. Scende la scala della metro, raggiunge il primo binario e aspetta. Prima avverte da lontano lo sferragliare del treno e poi, finalmente, vede le luci abbaglianti dei fari. E in quelle luci senza esitare ci si tuffa, immaginando di volare.

50

Luca

È stato semplice far salire Lisa nel suo appartamento. Per fortuna a quest'ora alla reception c'è già il portiere di notte. Un tipo che ama bere e quasi sempre, come stasera, dorme profondamente stravaccato nella sua poltroncina. Luca dall'ingresso ha fatto un cenno veloce e muto a Lisa indicandole a gesti di entrare e di salire al terzo piano con l'ascensore di servizio. E ora, seduto davanti a quell'inquietante essere, si sta chiedendo come può avvisare Eva di questo cambio di programma. Come può trovare il modo di attivare i microfoni nascosti.

«Spogliati. Levati tutti i vestiti, chiudili in bagno insieme al cellulare, e cambiati» esordisce Lisa.

Luca scoppia: «Ma che cazzo vuoi da me? Non ti basta avermi messo in questa situazione? Sarei indagato per presunto omicidio, se ancora non ti è chiaro».

«Non mi fido di te come di nessuno. E non parlo finché non ti sei cambiato totalmente».

Dopo nemmeno cinque minuti, Luca riappare in tuta: «Per tua conoscenza sotto non ho niente, vuoi controllare? Allora?».

«Siamo stati fottuti. Megan aveva programmato tutto da tempo, aspettava soltanto di trovare qualcuno da fottere». Lisa bisbiglia. Trema visibilmente in tutto il corpo, soprattutto nelle mani. Per un attimo Luca prova addirittura pena per lei. Tace, aspetta che continui a parlare.

«Il giorno dopo la sera della sua scomparsa, ho ricevuto un messaggio anonimo in cui mi si chiedeva di tornare il più presto possibile al 25. Ho immaginato che fosse lei, ma ne ho avuto la certezza solo arrivata là, quando effettivamente l'ho incontrata. Sembrava sconvolta. Mi ha detto che in quel momento non c'era il tempo per spiegare, ma che doveva assolutamente

164

fuggire da Colin. Con l'aiuto della custode del 25, oliata da una considerevole mancia, avrebbe potuto rifugiarsi nell'edificio quella notte soltanto e, per questo, mi ha pregato di aiutarla a portarti da lei la sera stessa, e che solo a quel punto ci avrebbe spiegato tutto. Mi ha scongiurato di non dire nulla per il momento né a te né a nessun altro. Addirittura, per sicurezza, mi ha chiesto di entrare di soppiatto, lei dall'interno ci avrebbe aiutato con i sistemi di sicurezza e per eliminare le tracce che avremmo lasciato. Piangeva disperata, che grande attrice!

Quando la sera siamo arrivati e ho visto quello scempio, al momento ho creduto anch'io che fosse successo qualcosa di orribile. Appena sei sceso nella stanza, dietro di te è apparsa un'ombra sulle scale e io, d'impulso, ho spento la torcia e mi sono nascosta sotto al letto. Sono rimasta a guardare senza poter far nulla il guardiano notturno stenderti con quella manganellata e, quando l'ho visto risalire per chiamare la polizia, sono riuscita a tornare sul terrazzo da dove mi sono buttata sul marciapiedi... zoppico ancora».

Lisa ansima.

Luca non crede a una sola parola. «Assurdo. Questa storia non sta in piedi, e comunque resta il fatto che c'era del sangue in giro, come lo giustifichi? La polizia ha chiarito che si tratta del sangue di Megan».

«Non lo so, ma sono sicura che Megan sia fuggita qui… guarda, era per terra vicino al letto con la sua borsa e il suo cappotto».

Luca afferra il frammento di una fotografia in bianco e nero che Lisa gli porge. S'intravede solo parte di una scogliera e, sul retro, una mappa con alcune indicazioni poco chiare, brevi scritte, come dei codici e, a mano, un *"go, Meg go!"*.

«E da questo tu che cosa ne avresti dedotto?».

«Che lei è fuggita in questo posto ignoto, inscenando il suo omicidio, alla faccia nostra. E bloccandoci per un po' come sospettati. L'assassinio di Colin fa supporre che esistano motivi pesanti, una posta in gioco che sia valsa la pena di questa sua fuga…».

Luca è ancora molto incerto, anche se qualcosa dentro di lui gli dice che nello sproloquio di Lisa ci potrebbe essere qualcosa da capire meglio. Vorrebbe parlarne subito con Eva.

«Diciamolo alla Minetti» propone, «è una tipa con le palle, e ha gli strumenti per metterci in condizione di muoverci più liberamente».

«Io non posso». Lisa reagisce con rabbia.

«Ma perché?».

«Non sono cazzi tuoi. Dobbiamo trovare Megan da soli e fargliela pagare».

«Farle pagare che cosa? Tu sei pazza e io più pazzo di te se ti seguo».

Lisa non lo ascolta, sembra invasata. «Quando capiremo dov'è il posto della fotografia, io partirò, la troverò, costi quello che costi».

«Ah sì? E come pensi di uscire dall'Italia? Questa sembrerebbe la Francia del Nord».

«A parte che per l'Europa non serve, per sicurezza ho rubato il passaporto e la carta di identità a Laura, la mia vicina proprietaria di Bubba, il bulldog che porto a spasso, ho ancora le sue chiavi di casa. Riuscirò a passare per lei senza problemi: alte uguali, simili i colori e il taglio di capelli... Per un bel po' Laura non se ne accorgerà. Comunque mi puoi aiutare almeno a capire dove si trova questo luogo? Guarda qui, si intuisce il frammento di un cartello, ma non so come fare a ingrandire» e gli riallunga la fotografia.

Luca riguarda l'immagine. Non sa dove sbattere la testa. Non sa cosa fare. Da un lato seguirebbe Lisa, la pazza, pur di ritrovare Megan, dall'altro la sua onestà intellettuale lo spingerebbe a condividere tutto questo con Eva.

«Non parli? Allora ascoltami bene: o ci sei o non ci sei. Se non ci sei, me ne andrò in questo momento esatto e ti assicuro che non mi potrai mai più rintracciare. Se ci sei, dobbiamo metterci in moto evitando la polizia. Quindi dobbiamo andarcene di qui immediatamente, sfruttare la notte, perché tu sei ancora sotto sorveglianza».

«Hai un telefono non rintracciabile immagino… dammelo» risponde Luca di getto.

51

Eva

Eva non ha dormito, è nella massima tensione nervosa. Sono le sei ed è già pronta da mezz'ora, in attesa come d'accordo, di notizie da Luca che per ora non si è sentito. I microfoni non trasmettono nulla, probabilmente non li ha ancora attivati, ed Eva vuole credere che lo farà poco prima dell'appuntamento con Lisa, alle sette. Scende nei box a prendere la moto, tanto vale ormai andare in commissariato. Sta per partire quando sente suonare il cellulare.

«Ciao Eva» è il Petri.

«Sto arrivando in commissariato, sei già lì?».

«Io sì. È il Bini a essere sparito».

Ecco.

«Cioè?».

«Ho mandato al residence un agente mezz'ora fa. Pensavo di fargli ripassare ancora una volta il metodo di attivazione dei trasmettitori. Per un neofita non è così semplice».

«Hai fatto bene. Quindi?».

«Scomparso. Abbiamo trovato abiti e cellulare microfonati nella cesta della biancheria in bagno. Il resto degli effetti personali evidentemente l'ha portato via nel trolley che nell'appartamento non c'è. Ha lasciato anche il portatile, probabilmente per non correre il rischio di essere rintracciato».

«Nessuno si è accorto di niente? Nessuno lo ha visto uscire, possibile?».

«Il portiere di notte sembra che si fosse appisolato, ma non è detto che il Bini sia uscito dall'ingresso. Ci sono altre opzioni che stiamo valutando. Vieni qui che ne parliamo».

Eva scarica tutta la rabbia sulla Harley e imbocca la strada come un circuito.

Eppure Luca le piaceva. Le sembrava credibile.

Cosa le sta capitando? Non può più contare sul suo sesto senso. Sta facendo un errore dopo l'altro.

QUARTA PARTE

IL FUOCO

("Accendi un sogno e lascialo bruciare in te",
William Shakespeare)

52

Lisa

«Adesso si fa quello che dico io» questo l'unico commento di Luca alle mie spiegazioni. Che lo creda pure. Ora lui mi serve attivo e motivato per portarmi lontano da qui. Ha usato il mio cellulare per mandare un messaggio brevissimo a non so chi, ha buttato tutti i vestiti in un trolley, ma ha lasciato in bagno quelli che gli avevo fatto togliere e infine ha aggiunto «Seguimi e taci».

Mi ha preceduto sulle scale, siamo scesi fino al garage, abbiamo atteso l'entrata di un ospite (per fortuna solo pochi minuti) per approfittare della serranda aperta e uscire.

Poco prima avevamo individuato due telecamere che abbiamo evitato. Speriamo che non ce ne siano state altre nascoste.

Poi a piedi, quasi di corsa, abbiamo raggiunto la stazione e ora siamo su un treno lento come la fame diretto a La Spezia. Luca non mi dice dove stiamo andando, né io glielo chiedo. In questa fase è assolutamente necessario che creda di avere lui il pallino in mano. Finché mi serve. Poi gli darò un calcio in culo.

Ho fame sonno freddo mi scappa la pipì. Vorrei rilassarmi, non ci riesco e non ci riuscirò finché questa storia non avrà fine. La fine che voglio.

Vorrei e non vorrei parlare con Tess.

Mi manca, ma è meglio che adesso non ci sia, in questi momenti diventa solo una zavorra.

Luca davanti a me sembra dormire, ma sicuramente non è così.

Approfitto dei suoi occhi chiusi e ricontrollo nel mio zaino lo scomparto zippato dove ho nascosto il materiale che per ora non deve vedere.

C'è tutto.

53

Sassetot Le Mauconduit

Megan

È arrivata in Normandia, finalmente. Penultima tappa.

La villa che ha fissato da tempo a Sassetot Le Mauconduit è piuttosto isolata dal paese, quasi a picco sulla scogliera. Ora Megan non è più Sandy Wincott, la broker londinese che ha svelato la vendita di *"Pink Rose"*. L'affitto della casa, in legno e con il tipico tetto a punta, dove l'addetto dell'agenzia normanna l'ha accompagnata, è intestato a Claire Blooms, scrittrice inglese bionda, scontrosa e un po' *shabby* che ha bisogno di isolamento e tranquillità per scrivere i suoi romanzi rosa.

È stanca dal viaggio, ha mille cose da fare e, sull'ingresso, vuole subito liquidare il verboso agente. «Grazie di tutto» gli dice offrendogli la mano.

«Sicura che non ha bisogno di nulla? Le farei vedere almeno la casa».

«Va bene così, la scoprirò io. So di poter contare su di voi in caso di necessità» ribatte gelida.

«Ma... e il riscaldamento? I contatori di acqua, luce, gas?».

«Mi arrangerò, arrivederci, mi dia le chiavi» e lo spinge letteralmente fuori dalla villa.

Rimasta sola, apre subito la valigia. Estrae un involto, una busta di contanti e una serie di documenti fasulli non ancora utilizzati. Gli altri li ha distrutti volta per volta.

Si guarda intorno: lui gli ha indicato dove nascondere tutto finché dovrà fermarsi a Sassetot. Finché non si ritroveranno insieme qui, non prima di tre giorni.

La villa è molto bella, ma dispersiva e un po' inquietante. Megan sale la scala che conduce al secondo piano e scopre due bagni, un ripostiglio e tre camere da letto. Sceglie quella dove si stabilirà: è la più grande, con una enorme finestra che guarda il mare. Le pareti sono in boiserie e nascondono i vani di una cabina armadio.

Riprende la scala che porta a un sottotetto. È una mansarda attrezzata a studio, con un altro bagno. Sul soffitto, c'è l'apertura di una scala meccanica. Megan la apre e sale. Entra in una soffitta zeppa di mobili e scatole. No, non ha tempo né voglia ora di curiosare.

Torna al piano terra, va in cucina, un locale enorme con un grande camino e due portefinestre che danno sul giardino. Sul fondo c'è un ripostiglio per gli attrezzi. Ne prende nota, potrebbe tornare utile.

Rientra in soggiorno e si siede sul divano di broccato rosso. È da quel punto che, grazie alla luce obliqua del tramonto che filtra dalle veneziane, scorge sotto al tavolo centrale della sala, il punto segnalato da lui. Un'asse del parquet leggermente rialzata.

Il pavimento è antico, a liste lunghe, irregolari e segnate da anni e anni di uso. Megan si alza, allontana a fatica il tavolo, si inginocchia e, con facilità, semplicemente pigiandola su un lato, sposta l'asse. Sotto, c'è un rettangolo di misure equivalenti in ferro con una serratura nel mezzo.

Dal suo mazzo personale, Megan sceglie la chiave più lunga, la inserisce e sente scattare subito il meccanismo di apertura. Alza con entrambe le mani il pesante coperchio e svela un buco rettangolare, molto profondo, blindato. Riunisce le sue cose in una piccola sacca, le cala nel vano, richiude il coperchio a chiave e, sopra, ci riappoggia il tavolo.

Ora può rilassarsi.

54

Eva

In commissariato l'aria è pesante. Nessuno apre bocca, a parte il Petri che aggiorna a mezza voce Eva sui dettagli della scomparsa di Luca Bini seguendola passo passo nel suo ufficio.

Sulla scrivania c'è la scatola trovata nell'armadio di Lisa. È stata aperta dagli agenti.

«Lasciami sola qualche minuto, poi ti chiamo io» gli dice lei e lui se ne va chiudendo la porta.

La prima cosa che le salta agli occhi sono delle lettere, tante lettere, ancora nelle loro buste, tutte non sigillate, con sopra scritto *"A Tess"*.

Eva inizia a leggerle a caso, senza controllarne la cronologia. A mano a mano, seleziona quelle con messaggi precisi.

"Ciao Tess, sono sempre bloccata qui. Isolata da tutto. Loro stanno festeggiando non so cosa... Tutte le candele nere sono accese... Ieri sono spariti due dei gattini che avevamo riparato nelle stalle... C'è sangue ovunque... Tutto questo deve finire, non ce la faccio più. Aiutami!".

"... Ho un piano, ma non mi va di scrivertelo. Non voglio che mi scoprano...".

"Tess, ho paura! Ieri li ho sentiti parlare del mio cavallo. Hanno detto qualcosa che non ho capito, ma credo vogliano una prova di forza da parte mia... cosa significa secondo te? Devo scappare al più presto... E ora non dirmi che è sbagliato distruggere tutto questo merdaio! Fuoco! Ci vuole il fuoco!".

"L'hanno ucciso... davanti a me... lo hanno fatto dissanguare con una coltellata al collo. Non ho potuto piangere mentre lui, il mio Prince, si accasciava a terra guardandomi negli occhi. Ho il cuore a pezzi. Sono sotto shock.

Vomito e tremo come una foglia. Quando quegli assassini sono andati a dormire, ho preso le taniche per i tagliaerba e i trattori, e ho sparso tutta la benzina nelle mangiatoie delle stalle, piene di fieno. Ho fatto uscire tutti gli animali, cavalli, caprette, cani, galline... li ho fatti fuggire nel bosco e poi ho appiccato il fuoco e sono scappata.

Non mi rispondi da tempo ormai, mi hai abbandonata anche tu, ma ti lascio questa lettera che ti ricorderà per sempre questo mio dolore insopportabile, questo dolore atroce che solo tu puoi capire".

È più che abbastanza. Eva si accorge di tremare anche lei, come Lisa in quegli scritti.

Fruga nella scatola: oltre alle lettere tutte per Tess, ci sono oggetti di vario genere, il collare di un cane, fotografie di persone ignote, una scatola di perline, alcuni documenti... ora non ha tempo di guardare e richiama Petri.

«Manda subito questa scatola al dottor Rizzi, poi gli telefono io».

«Va bene. Hanno chiamato ora i colleghi dal residence, sembra che il Bini sia uscito dai garage, e non da solo: mentre rientrava con la macchina verso l'una di ieri notte, un ospite dice di aver visto un uomo con una ragazza. Purtroppo non ci ha prestato molta attenzione e non saprebbe descriverli, ha detto solo che l'uomo era molto alto, trascinava un piccolo trolley, e la ragazza portava sulle spalle uno zaino: di sicuro erano Luca Bini e Lisa Traversi».

Eva ingoia rabbia e delusione, in silenzio.

«Ah… Speranzi ti vuole parlare, era un po' incazzato» aggiunge Petri prima di uscire.

Già, ora deve pure aggiornare il commissario capo che da due giorni vuole informazioni su questo caso.

Alza la cornetta e digita il suo interno. Non fa in tempo a salutarlo che lui le salta in testa. «Dove sei finita Minetti? Da due giorni ho tre dei miei uomini oltre alla Scientifica, la nostra attrezzatura più sofisticata di monitoraggio al completo e due unità di agenti con cani molecolari, impegnati h24 su un caso di cui non so niente e di cui, da quel poco che capisco dal Petri, conosci poco anche tu».

Eva tenta invano di inserirsi in quel monologo delirante, di dare qualche minima spiegazione, pur sapendo che in questi casi Speranzi va lasciato sfogare.

Infatti, il commissario non la fa parlare e conclude così: «Sappi che da questo momento sei sola con il Petri e che tutti i giorni voglio essere informato da te o da lui sugli sviluppi di questa storia, decidi tu a che ora».

E chissenefrega.

L'unico pensiero di Eva è che ora sarà difficile trovare Luca e Lisa. Hanno più di sei ore di vantaggio, possono essere andati ovunque.

Sta per richiamare Petri per decidere i controlli di routine da avviare subito - spese con carte di credito o bancomat, segnalazioni in aeroporti e stazioni, affitti di auto - quando l'agente in segreteria le annuncia una chiamata da Londra. «È un detective inglese, Steve Nolan, parla perfettamente italiano».

Eva lo prende subito: «Eva Minetti? Sono Steve Nolan, detective del Mi6, Intelligence Service, e la chiamo per l'omicidio di Colin Donnelly. Mi dicono che se ne sta occupando lei, giusto?».

«Giusto».

«Penso di avere aggiornamenti che possono aiutare le sue indagini…».

Dopo mezz'ora di telefonata Eva è più nel pallone di prima. Mentre memorizza sul cellulare il numero di Nolan, si accorge di un messaggio che non ha ancora letto. È di Luca, arrivato alle 00.47 della notte precedente: *"Fidati di me"*.

Luca

Anche se a occhi chiusi, in treno, Luca non perde una mossa di Lisa. I pensieri gli si accavallano uno sull'altro.

Il primo, dominante, è che Megan potrebbe essere viva.

Solo per questo, non poteva fare altro che seguire Lisa. E poi, se l'avesse lasciata andare, anche per la polizia sarebbe stata dura ritrovarla.

Lisa è super organizzata, controlla ogni particolare maniacalmente, riesce a mimetizzarsi e a scomparire come un camaleonte.

In bagno, al residence, prima di abbandonare il cellulare, Luca era riuscito a inviare solo un brevissimo messaggio a Eva con la speranza che la poliziotta credesse alla sua buona fede e che, per quanto possibile, non gli si mettesse subito alle calcagna come un mastino.

Ora l'idea migliore che gli è venuta è di sistemarsi inizialmente sulla sua barca a vela per valutare da dove iniziare le ricerche, attraccando vicino a un'isola nel mare di Sardegna.

L'altoparlante sta annunciando l'arrivo a La Spezia entro pochi minuti. Fa un cenno a Lisa di seguirlo. Scendono dal treno e, subito fuori dalla stazione, prendono due bici comunali a nolo e si avviano verso il lungomare.

Sono le sette di mattina ormai: un viaggio estenuante, una notte estenuante, un presente e un futuro estenuanti.

Con il telefono di Lisa, Luca aveva avvisato Carlo, il capocantiere, che sarebbe arrivato nella prima mattinata di oggi e che avrebbe portato via la barca. Ora conta sulla discrezione di quell'uomo burbero, che non gli faccia domande.

All'arrivo, infatti, Carlo lo accoglie così, senza una parola in più: «La *"Wind Joy"* è già in mare, architetto.»

«Grazie Carlo. Le faccio sapere quando la riporterò».

Lisa tace sempre e lo segue. A bordo, scende subito in cabina mentre Luca e Carlo liberano la barca dall'ormeggio. Prima di salutarsi, con un cenno d'intesa, Luca riesce ad allungare all'altro un biglietto.

Poi si mette al timone e punta la chiglia al largo. È fatta.

56

Londra

L'uomo chiude la telefonata domandandosi dove possono aver sbagliato. Dov'è la falla? Era tutto calcolato al millesimo… Ora l'Intelligence lo vuole incontrare. Questo Steve Nolan non gli ha dato spiegazioni, non ha fatto nomi, non ha accennato a fatti, gli ha soltanto detto che deve chiedergli informazioni riservate, ma rigorosamente a voce, e gli ha dato appuntamento nel suo ufficio.

Non è detto che si tratti dei diamanti Stern o della morte di Colin, tuttavia non vede altri motivi per i quali l'Mi6 voglia avere un incontro chiarificatore con lui.

Sono le nove del mattino, fa in tempo a fuggire subito con un buon anticipo sull'appuntamento con Nolan fissato per mezzogiorno, ma di sicuro non può avvisare Megan di questo cambio di programma. Non deve usare alcun mezzo di comunicazione per non rischiare di essere rintracciato.

Raccoglie nella ventiquattrore l'essenziale: soldi, documenti fasulli, schede telefoniche, e avvisa la segretaria che si deve assentare per un'ora.

In strada, l'uomo ricompone mentalmente il piano B, la fuga di emergenza: raggiungerà la Normandia in macchina.

Con un'auto in affitto (*devo usare solo contanti...*) in poco più di due ore raggiungerà Folkestone e si imbarcherà nell'Eurotunnel. In mezz'ora sarà in Francia. E da lì, con altre due ore di viaggio raggiungerà Megan a Sassetot.

Megan

Tutto sta per concludersi e non mi sembra possibile che sia stato così facile.

Quel registro trovato per puro caso a "Donnelly Court", e poi l'esame da parte di un perfetto sconosciuto, ma evidentemente la persona giusta.

Avevo intuito che si trattasse di qualcosa legato agli anni della seconda guerra mondiale grazie alle date segnate a fianco di ogni nome, e ho navigato su internet girando intorno alle più svariate voci: "esperto seconda guerra mondiale-codici di guerra-elenchi prigionieri di guerra- ecc... È così che ho individuato quello strano tipo: Alan Goodwin, professore di Storia contemporanea a Cambridge, autore di alcuni fra i più autorevoli studi sui due conflitti mondiali.

Lui aveva riconosciuto subito che in quel quaderno erano registrati i nomi di alcuni fra i gerarchi nazisti che, per volere di Churchill, erano stati tenuti prigionieri in Inghilterra nelle più prestigiose proprietà nobiliari affinché, spiando le loro conversazioni, si scoprissero i segreti militari del nemico.

Per quel progetto, il nonno di Colin aveva messo subito a disposizione di Sua Maestà la tenuta di famiglia nel Suffolk dove aveva ospitato nelle cantine una decina di "silent listening", tedeschi disertori incaricati di raccogliere segretamente informazioni.

Goodwin, e me lo disse, era stato colpito soltanto da un nome fra i tanti di quelle liste: Peter von Richt, in assoluto il meno "ascoltato" del registro, e gli era sembrato strano. Quindi, con un'ulteriore indagine, aveva scoperto che il "silent listening" addetto al suo controllo, Franz Keppler, si era molto legato al padrone di casa, il nonno di Colin, avendone nel frattempo sposato la sorella.

«Vede? Qui c'è un'ambiguità, un'anomalia: l'unica nota interessante abbinata a Von Richt è un nome: Stern. A fianco c'è un codice, indecifrabile, ma che ero certo corrispondesse a

una banca...» aveva continuato entusiasta Goodwin. E poi: «Ho perfezionato dunque le mie ricerche e, infatti, quel codice corrisponde ai vecchi caveau del "Diamond District" di New York dove negli anni Quaranta avvenne uno dei furti più straordinari e mai risolti: il tesoro degli Stern, famosa famiglia di commercianti e tagliatori di diamanti di Anversa».

Mi era simpatico Goodwin, e mi è quasi dispiaciuto dovergli infilare nel fegato un tagliacarte prima di andarmene. Ma avrei dovuto eliminarlo in ogni caso, anche se non avesse concluso il nostro incontro dicendo: «Che grande scoperta! Ora non ci resta che avvisare la polizia».

Quanto mi sono divertita, poi, a inchiodare Colin!

Non dimenticherò mai la sua faccia quando gli mostrai il registro e gli spiattellai le scoperte di Goodwin. «Ora continua tu, amore» gli avevo detto, «Dimmi, quando mi presenterai il tuo socio? Immagino sia un erede di Keppler, o no?».

Gli avevo riso in faccia quando tentò di cadere dalle nuvole: «Ok, allora proviamo a sentire cosa ne dice la polizia» e ho preso in mano il cellulare. È bastato quel gesto per farlo crollare e mi ha raccontato tutto con la promessa che mi avrebbe fatto incontrare Maximillian al più presto. Avrebbe dovuto però "prepararlo" e non sarebbe stato semplice.

Così, ancora una volta, mi sono preparata meglio io.

Si trattava soltanto di dare tempo al tempo, organizzandomi nel dettaglio e una scaletta l'avevo già abbozzata in testa. Il primo passo prevedeva che incontrassi Keppler da sola. Mi sembrava essenziale allearmi con lui alle spalle di Colin.

Come ho fatto?

Prima l'ho scopato, naturalmente, poi gli ho svelato chi ero e cosa volevo fare.

Fu da lui che seppi che non avremmo potuto agire subito, bisognava attendere che anche l'ultimo dei "silent listening" lasciasse questo mondo, altrimenti sarebbe stato troppo rischioso sfidare una memoria storica che avrebbe potuto far risalire all'origine di quel furto.

Dunque, dovevano passare ancora anni, anche se non molti forse, vista l'età dell'interessato. E poi, aspettare mi avrebbe consentito di studiare bene il piano.

Pazienza ne ho avuta tanta, ma ne è valsa la pena.

Ho avuto il tempo di lavorarmi anche Keith Burnes. Grandissimo hacker! Senza di lui sarebbe stato impossibile spostare la merce, creare inesistenti clienti anonimi e criptati e, soprattutto, concretizzare la finta vendita di "Pink Rose" utilizzando il nome dell'ultimo degli Stern, David.

Un'idea grandiosa, naturalmente mia, che avrebbe congelato definitivamente le azioni di ricerca della collezione Stern sempre in atto da parte del "Diamond District", screditando l'ex proprietario, e che, allo stesso tempo, avrebbe creato a Maximillian i presupposti per far fuori Colin.

Keith e Maximillian sono entrambi convinti che io sia pazza di loro. Sono convinti che alla fine di tutto questo fuggiranno per sempre con me in un paradiso, ricchi sfondati. Idioti! Sedurre e manipolare sono la mia specialità.

Anche se devo dire di aver fatto fatica, loro non mi sono mai piaciuti. Con Luca era diverso. Luca è stato l'unico uomo che ho scelto e desiderato, anche se per poco.

57

Eva

«Parliamone a cena, ti va?» le aveva proposto al telefono Rizzi, passando con naturalezza al tu. E ora sono seduti uno davanti all'altra a un tavolo di *"Arlati"*, un po' straniti solo per la presenza l'uno dell'altra. Eva gli ha già raccontato gli ultimi fatti e lui ha già visionato la scatola di Lisa con le lettere a Tess.

«Non capisco come posso aiutarti» rompe il silenzio lui. «Oltre al fatto di confermarti la grave patologia di Lisa, non sarei in grado di prevedere le sue mosse, capire come cercarla. Di certo, nei momenti di forte pressing, lei diventa una stratega di morte, fisica e non, pronta a tutto, e il povero Bini dovrà essere in grado di capovolgere la situazione, ovvero dominarla altrimenti non ne uscirà vivo».

Eva ha già bevuto due bicchieri di *Ortrugo*, le gira un po' la testa.

Rizzi pensa che ha una bellezza moderna, sembra uscita da un fumetto, e si perde nel suo sguardo liquido e nocciola, sulle punte ritte dei suoi capelli biondissimi, sulle sue labbra un po' imbronciate, sulle sue dita lunghe e curate, abbandonate come un fiore sul calice.

«Ti senti un po' persa?» le sussurra avvicinandosi.

«Ho perso il filo, sì» risponde lei come parlando fra sé. «Se mi devo fidare di Luca, dovrei lasciarlo andare e aspettare un suo segnale. Ma quale?».

«È una strada, anzi, forse l'unica. Secondo me un segno te lo darà. Da quello che dici, lui sembrerebbe una persona a posto. E poi non ti avrebbe inviato quel messaggio: *"Fidati di me"*. Nel frattempo, potresti fare ricerche su di lui, interrogare i suoi amici, controllare se usa e dove le carte di credito… ma queste cose le sai tu meglio di me».

Eva ride. Rizzi la fa ridere alle lacrime. Uno psicoanalista-detective, ci manca altro!

«Aspettare non mi è mai piaciuto» gli dice un po' brilla guardandolo dritto dritto negli occhi.

«Neanche a me» risponde lui accarezzandole le dita.

Il trillo del cellulare di Eva interrompe la magia, è Petri.

«Trovato!».

«Cioè?».

«Abbiamo ricevuto una segnalazione dalla Guardia Costiera di La Spezia».

Eva scatta in piedi come una molla. «Arrivo subito».

58

Lisa

Siamo partiti, finalmente. Ora spero che Luca tenga duro.

Dopo un'ora di navigazione, appena ancorati alla fonda di Caprera, è sceso in cabina. Mi si è seduto davanti con una cartina della Francia e il ritaglio che gli ho dato.

«Si tratta di una cittadina normanna» esordisce. Poi mi passa una lente e l'immagine. «Guarda, il nome è ben decifrabile quasi per intero ingrandendo il frammento che hai trovato. Si chiama Sassetot, e i problemi sono due. Il primo: il paese in realtà è diviso in due, Sassetot le Malgardé e Sassetot Le Mauconduit, ma questo è il meno. Cercare una persona in un luogo così circoscritto è più semplice. Il secondo: perché abbiamo un'indicazione tanto precisa? Perché Megan o chi per lei ci spinge ad andare lì? Non mi fido, ha tutte le caratteristiche di una trappola».

Mi guarda cupo.

Lo so anch'io che è una trappola, ma è l'unica indicazione che abbiamo.

Decido di non rispondere, non saprei cosa dire.

Lo guardo e lui mi guarda. È scettico.

Infatti continua: «Se non mi dici tutto non ce la faremo mai. Perché sei sicura che Megan abbia architettato tutto questo? Non sarebbe più facile pensare che sia stata rapita, o uccisa da qualcuno che ora vuole incastrarci?».

Come faccio a spiegargli che questa è una tacita sfida fra me e lei? Come faccio a dirgli cosa ho visto al 25 quella notte?

Megan ha cercato di fottermi, quasi apertamente, e io la punirò.

Posso essere più cattiva di lei, questo non l'ha calcolato.

Dovessi andare in capo al mondo, lei finirà nel fuoco.

Il mio silenzio turba Luca, lo leggo nei suoi occhi sempre più grigi.

«Ok. Andremo a Sassetot» conclude sfinito. «Ma il viaggio è ancora lungo. Preparati a parlare o ti butto in mare aperto».

59

Maximillian

Arriva alla villa di Sassetot giusto all'ora di cena. Ha fame, in effetti non mangia da ore.

Megan deve aver sentito il motore della sua auto arrivare e poi spegnersi proprio davanti alla porta. Infatti le luci del pianoterra si accendono.

Eccola, è uscita, avvolta in uno scialle.

«Maximillian… Ma che ci fai già qui?». Non lo saluta nemmeno.

«Qualcosa non è andato. Mi ha cercato stamattina un investigatore dell'Intelligence. Non so cosa volesse, ma non ho perso tempo a scoprirlo. Non può essere che per i diamanti Stern, o per Colin».

«E cosa te lo fa supporre?». È acida, dura, i suoi modi lo scompaginano perché non l'ha mai vista così.

«Cosa può volere l'Intelligence da un rivenditore di mobili antichi? Dài…» ringhia lui.

Lei sembra non volerlo far entrare in casa. È arrabbiata. Perché?

«Dobbiamo anticipare l'ultimo viaggio, tutto qui. Il resto è a posto, no? Abbiamo anche questo» la blandisce lui mostrandole sogghignando un contenitore medico refrigerante.

«Fai sempre tutto facile, tu». Megan gli strappa dalle mani il recipiente, si sposta e gli fa strada nell'ingresso.

«Sei fuggito, dovremmo partire subito, e non siamo pronti. Il volo è fra due giorni da Bruxelles. Prima di due giorni senza alcun dubbio ti troveranno qui».

Lei è sempre più inferocita e lui la aggredisce. Tira fuori tutta la sua violenza. La afferra per le spalle e la scuote: «Dimmi dov'è il problema!» grida. «Partiremo domani e non fra due giorni, cosa cambia?».

«Cambia tutto!» risponde lei. «Domani arriva Keith che, secondo programma, dovrebbe consegnarmi la chiave e i codici dell'ultimo deposito di brillanti per poi fermarsi qui *eternamente* prima della nostra definitiva fuga, non ti ricordi? Non ricordi che non dobbiamo lasciare niente e nessuno dietro di noi? Dovevi chiamarmi, avvisarmi».

Ora sono davanti al camino della cucina. Lui continua a scuoterla violentemente. Le dà uno schiaffo incontrollato per farla tacere e la testa di Megan sbatte contro il muro. La donna cade a terra. Maximillian si blocca. Teme di averla uccisa... *ha tutto in mano lei*, pensa. Documenti, biglietti, riferimenti delle banche. Si china per controllare con due dita il battito sul collo di lei e quell'attimo di spaesamento gli è fatale.

Prima di cadere, Megan aveva già afferrato un piccolo alare a forca che ora gli pianta facilmente nel collo.

60

Keith

Si allaccia la cintura di sicurezza, pensa che non vede l'ora di rivederla. Megan gli ha totalmente capovolto la vita.

Keith non si è mai chiesto dove conducessero le richieste che lei gli ha sempre fatto. Non gliene è mai importato niente. Per lui è sempre stato di ordinaria amministrazione lavorare nei sistemi di banche e società finanziarie senza sapere né minimamente interessarsi dei movimenti che gli veniva ordinato di fare.

Era pagato troppo bene, era considerato il top del suo settore.

È capitato due anni fa che, a una cena aziendale di Natale, Donnelly gli aveva presentato la moglie. Uno schianto di donna. Non riusciva a toglierle gli occhi di dosso. E, incredibilmente, viceversa. «Dovrei chiederti alcuni consigli» gli aveva bisbigliato lei e, con un piccolo cenno della mano, gli aveva indicato le toilette dove si erano ritrovati poco dopo avvinghiati a fare sesso.

«Aiutami, devo fuggire da lui al più presto» gli aveva detto poi piangendo. «… ma prima devo recuperare tutto ciò che da tempo mi sta rubando. Tutti i beni della mia famiglia».

Si vedevano quando potevano. Poco, purtroppo, ma si sentivano spesso e lei gli raccontava di avere un piano per quando lui fosse riuscito a farle recuperare i suoi averi. Averi sui quali Keith non si era mai informato. Non aveva nemmeno aperto la busta che lei gli aveva fatto recapitare a Milano, dove l'aveva pregato di raggiungerla, la sera prima della sua fuga. Megan l'aveva avvisato che conteneva qualcosa di fondamentale da nascondere. Gli aveva detto di tenerla sempre addosso perché lei avrebbe dovuto scomparire il prima possibile.

E lui, semplicemente, ha obbedito, pensa tastando per un ennesimo controllo la tasca interna del loden dove l'ha nascosta.

«Devi stare molto attento, Keith» gli ripeteva sua madre da quando era bambino fino agli ultimi momenti di vita. «Tu sei il classico genio Asperger: molti ti vorranno sfruttare e tu non ci farai caso. Non ti farai domande. Invece devi sempre chiederti cosa esattamente stai facendo e perché, te ne ricorderai? Me lo prometti che ti proteggerai?». Lui glielo aveva promesso, sì, ma non poteva cambiare, di questo era ormai molto consapevole. Con Megan, poi, sarebbe stato impossibile porsi delle domande: lui l'avrebbe seguita all'inferno.

Keith aveva sempre detestato Colin Donnelly e ciò aveva contribuito a rendergli molto più semplice fingere di eseguire i suoi ordini sul conto e sul contenuto della cassetta di sicurezza del cliente *Gold* che da tempo gli stava facendo veicolare all'estero su più istituti bancari.

Quel cliente anonimo non esisteva, glielo aveva detto Megan, era solo il trucco malefico di Colin per rubarle tutto.

Keith credeva a ogni parola di Megan e sognava di liberarla definitivamente per poi vivere con lei in un luogo sicuro, segreto, lontano da tutto.

E non gli passa nemmeno per l'anticamera della mente chiedersi perché, adesso che Colin è stato ucciso, lei debba ancora fuggire.

Si fida e si fiderà sempre ciecamente di Megan.

Appoggia la testa al sedile e ascolta rollare l'aereo sulla pista. Sorride alla hostess che gli porge un calice di champagne. Fra poche ore saranno di nuovo insieme, lui e Megan, per sempre, e Keith considera che per lei ha fatto le cose proprio per bene, ha seminato senza fretta. Ha lavorato al suo meglio. Ora devono solo raccogliere.

61

Luca

Il mare è piatto come una tavola e Luca ha deciso di approfittarne per fare la traversata questa notte, fino a Marsiglia.

Lì lascerà la barca e poi proseguiranno in treno. Non è per niente convinto che questa sia la decisione giusta e una sensazione di forte incertezza lo destabilizza.

È seduto sul ponte, vicino al timone. Ha sempre amato le notti in mare aperto. Quante volte ha viaggiato in solitaria per ritrovare se stesso. Ora è molto diverso: più che ritrovarsi si sente sparpagliato. Ancora non riesce a credere che Megan abbia architettato tutta questa messinscena. E poi, perché? Cosa ci potrebbe essere sotto? Non basta voler scappare dal marito… E perché la Normandia?

Dal boccaporto vede apparire Lisa.

«Non dormi?» le chiede.

«Volevi parlare, no?».

È sempre più sparuta e con lo sguardo sempre più spiritato, folle. Questa volta è Luca che non risponde e tace. In attesa. Lei gli si siede accanto.

«Sono d'accordo che questo posto in Normandia sia una trappola, troppo facile l'indicazione di quel ritaglio lasciato ad hoc. D'altronde credo che bisogna stare al gioco di Megan, adesso. Là probabilmente troveremo altro».

«Un altro depistaggio? Da parte di chi? Chi si mette a farci girare il mondo come api impazzite in questa caccia al tesoro senza senso?». Luca rincorre sempre gli stessi pensieri.

«Proviamo a rivedere tutto dall'inizio» riprende lei. «Né io né te, mi pare, sappiamo niente di Megan. Quello che per ora abbiamo capito della sua scomparsa è che l'ha organizzata lei stessa».

«Ma come fai a esserne tanto sicura?».

Lisa si gira di scatto: «È ovvio, possibile che non lo capisci? Sul luogo del "delitto" c'è il suo sangue, ma non il suo corpo. Ci fa trovare là al momento giusto per essere i primi e unici sospettati. In questo modo fa perdere il tempo necessario alla polizia per poter fuggire comodamente. Nel frattempo, Colin viene fatto fuori: un evidente "meno uno" sul suo piano che ancora ci è oscuro. Lascia il ritaglio con la mappa di Sassetot, credo proprio a mio uso e consumo, dando giustamente per scontato che io la vada a cercare. Perché? Per due motivi: il primo, potrei tornarle ancora utile (di nuovo per depistare la polizia, per esempio), il secondo che subito dopo diventerei facilmente un "meno due", o perché finirei in galera o perché qualcuno mi metterebbe orizzontale per sempre, come Colin. La variante è che non immagina che tu sia con me. Ti crede ancora sotto sorveglianza. E così non le puoi arrecare nessun problema. Sei troppo fuori da questa storia, l'hai detto tu che non avresti dovuto nemmeno essere a Milano».

«Questa è solo teoria. Un'ipotesi come mille altre. Non hai uno straccio di prova che la sostenga».

«E questo?» Lisa apre il suo zaino e ne estrae dei fogli stropicciati. «La sera in cui Megan mi ha consegnato la busta da portare al 25, mentre la preparava, ho dovuto aspettarla una decina di minuti nell'ingresso. Ho guardato nel cestino sotto uno scrittoio e ho trovato questi».

Luca glieli strappa di mano. Sono stampe da una ricerca in *Google* su un certo David Stern, ebreo di New York.

«E questo che senso ha? Potrebbe essere un parente, un amico».

«Leggi a voce alta».

«... erede di una storica famiglia di commercianti di diamanti che, nel '44 fu vittima di un furto epocale, mai svelato, di tutto il patrimonio dei preziosi conservati nel *"Diamond District"* di Manhattan.... E quindi?».

«Mi sembrava strano che Megan si interessasse così tanto a questo tizio. Anche il giorno prima, nella spazzatura fuori dalla villa, avevo trovato alcuni ritagli su questo signore, eccoli».

Luca è sempre più esasperato: «La tua per Megan è proprio un'ossessione. Ma come si fa a frugare nei rifiuti di una persona? Dovresti farti davvero curare...».

«Forse sì, sono malata, però spesso le mie paranoie non sbagliano. Infatti, ho continuato a cercare notizie di questo Stern e ho scoperto che due giorni fa si è buttato sotto la metropolitana di New York. Leggi qui». Questa volta Lisa gli mostra una pagina di *Google* dal telefono.

«... sembra che il giorno stesso del suicidio, David Stern sia stato smascherato come mandante della vendita sul mercato arabo di un diamante straordinario della collezione rubata, il

"Pink Rose" di 25 carati. Da ciò si sarebbe dedotta una sua connivenza con gli eredi dei primi rapinatori. Gli investigatori non si sono espressi, ma pare che alcuni dettagli leghino tutta la vicenda a una stretta collaborazione con una banca inglese…».

Lisa interrompe la lettura: «Capito?».

«No, per niente».

«Allora ti do un aiutino». Lisa gli mostra una fotografia dalla galleria del suo cellulare e contemporaneamente gli passa un altro ritaglio di giornale. «Questa era nella busta che quella sera Megan mi fece portare al 25. È una piccola scatola in metallo che si apre con un'impronta digitale… e ora leggi il ritaglio che ti ho dato».

«È stato trovato nel vecchio macello dismesso nella zona di via Rubattino, il cadavere di Colin Donnelly, alto dirigente di una banca inglese in trasferta a Milano. La morte è stata causata da un colpo di pistola in bocca. Il movente è ancora oscuro, tuttavia la polizia sta indagando su un particolare inquietante. Al cadavere, infatti, sarebbe stato amputato l'indice della mano destra».

62

Eva

«Questo è il biglietto che il Bini, prima di partire in barca, ha dato al proprietario della rimessa di La Spezia, Carlo Feletti».

Il Petri le consegna la stampa di una mail con la scannerizzazione di uno scritto a mano poco leggibile *"Per Eva Minetti-polizia di Milano: seguimi"*.

«Avete capito dov'è?».

«Sì, sta puntando sulla costa francese. La Guardia Costiera mi ha chiesto se fosse il caso di fermarlo, ma ho pensato che tu non lo volessi».

«Perfetto. Aspettiamo ancora fino a domani se Luca riuscirà a farci sapere dove sta andando e, se sarà il caso, avviseremo anche i colleghi francesi che lo lascino fare, che ci pensiamo noi. Appena avremo un minimo di chiarezza, partiremo io e te».

Ormai sono le due di notte, tutti stanno crollando di sonno. Adesso qualunque mossa sarebbe inutile.

Eva è soddisfatta. Non ha sbagliato su Luca Bini. Ha un bel coraggio ed è pieno di iniziativa.

Dev'essere pazzo di quella donna, conclude tra sé con una punta di invidia.

E in un attimo rivede la sua vita sentimentale che è sempre stata una sequela di frammenti di relazioni.

Difficile per un uomo accettare il suo lavoro. E poi, il mito di Marco, suo fratello, ai suoi occhi ha sempre messo in ombra chiunque. Per questo Eva oggi riconosce di non essersi mai innamorata veramente.

Per associazione, si gira verso Rizzi che l'ha accompagnata in commissariato. Non ha aperto bocca, ma ha ascoltato ogni parola.

Dal primo momento in cui l'ha conosciuto, Eva avverte la sua presenza come qualcosa di fisico che le appartiene. Quasi un proseguimento di sé. E questo le mette paura perché non ha mai provato niente di simile. Qualcosa che la fa agire senza pensare.

«Mi porti a casa?» gli chiede.

Si avviano in silenzio all'uscita e, prima di farla salire sulla sua Smart, lui timidamente propone: «Credo sia meglio che ti accompagni anch'io in Francia. Potrei aiutarti con Lisa, intendo».

Eva si calca in testa il berretto da baseball e lo guarda negli occhi. Poi sorride.

«Perché no?».

63

Tess

«Dottor Rizzi?».

«Sì?».

«Sono Tess Benni, si ricorda di me?».

«Sì, ma sono le tre di notte».

«Mi scusi, lo so, ma sono preoccupata per Lisa».

«Sono sempre le tre di notte».

«Mi aiuti… non capisco cosa stia facendo, non si fa sentire, non so dove sia. È vero che io me ne sono andata, l'ho mollata, ma ero certa che lei mi cercasse».

«Non l'ha fatto ed è chiaro che non lo farà perché lei non la sta aiutando da tempo».

«Cioè?».

«Agli occhi di Lisa lei non è abbastanza credibile, si piglia delle responsabilità che non la riguardano, non ha rispeto del suo dolore e non ha la forza di farsi valere perché nei momenti del massimo bisogno della sua amica scappa».

«Cosa devo fare allora?».

«Continui a cercarla, insista. Abbia coraggio: crei complicità con Lisa, non l'attacchi più. Accetti la sua amica per quello che è, con convinzione e amore, la prenda per mano e la riconduca da me».

«E lei la aiuterà?».

«Io non abbandono mai i miei pazienti: per Lisa come per tutti gli altri ci sarò sempre. E ora, se vuole darmi il numero di cellulare di Lisa, posso provare a parlarle io».

64

Megan

Aveva messo in conto che potessero capitare degli imprevisti e questo, dell'arrivo anticipato a Sassetot di Maximillian, anche se solo in parte, le cambia i programmi.

È ovvio che la polizia inglese sia ormai sulle tracce di Keppler dopo che Steve Nolan si è sicuramente accorto della sua fuga.

Megan conosce bene i sospetti dell'ispettore dell'Intelligence: lo aveva contattato lei con una telefonata anonima per metterlo sulle tracce dell'omicidio in Italia di Colin.

Al momento non le era sembrato convinto, ma quando gli aveva segnalato alcuni particolari movimenti degni di essere controllati per riciclaggio (grande Keith!) delle due nuove filiali della banca inglese in Italia legate a un noto antiquario anglo-tedesco, le era sembrato più attento.

«E lei chi è? Perché mi chiama?» le aveva chiesto l'ispettore inglese.

«Sono una persona molto vicina alla moglie di Colin Donnelly, Megan. So che era al corrente di questi maneggi e da qualche giorno è scomparsa anche lei. A questo punto, sono certa che sia in serio pericolo, se non già morta».

Quello che non aveva previsto è che Nolan si sarebbe mosso così in fretta e, di conseguenza, che Maximillian potesse anticipare il suo arrivo a Sassetot.

Megan non ha paura, non ha mai paura. Deve solo accelerare la sua tabella di marcia. Prepara i bagagli e pensa che ora entrerà in gioco la follia di Lisa, che certamente sta per raggiungerla qui.

Sorride: toccherà a quella squilibrata spiegare a Nolan, o a chi per lui, che ci è venuta a fare a Sassetot.

Elimina con uno straccio le sue impronte digitali sull'alare nel collo del cadavere, recupera velocemente dal nascondiglio nel pavimento i suoi effetti segreti e, al loro posto lascia una documentazione esauriente per Nolan. Infine, con un ennesimo colpo di genio, decide di abbandonare in una tasca di Maximillian qualcosa che toglierà ogni dubbio su di lei.

Poi esce dalla villa senza chiudere a chiave la porta. Non è qui che deve arrivare Keith. Il loro appuntamento è molto, molto più lontano. Questo dettaglio a Maximillian non lo aveva svelato.

Prende l'auto di Keppler a noleggio e parte nella notte verso Bruxelles.

65

Lisa

Siamo finalmente sbarcati a Marsiglia. Durante la traversata non abbiamo mai dormito. Della faccenda di quel David Stern non abbiamo capito nulla, ma anche se Luca non lo ammette, ora crede anche lui che possa esserci un nesso forte fra la fuga di Megan, l'omicidio di Colin e la storia dell'ebreo americano che si è suicidato in seguito a uno scandalo riguardo alla vendita di un famoso diamante rosa.

Luca è nel pallone. Parla poco o niente.

Ora siamo alla stazione in attesa di un treno per Sassetot e mentre lui va ai bagni, ne approfitto per mandare un messaggio a Tess.

Mi manca. Mi sento sola. Mi ha abbandonato. Non mi risponde più… Fa sempre così quando sto davvero male.

«Il treno parte fra mezz'ora, andiamo a fare i biglietti». Luca è sbrigativo, nervoso, intrattabile.

«E io non faccio in tempo ad andare in toilette?».

«Ci andrai in treno» risponde secco. Afferra il suo trolley da una parte, il mio braccio dall'altra, e mi trascina verso la biglietteria.

In coda, restiamo entrambi di sasso sentendo suonare il mio cellulare.

«Rispondi» intima lui.

«Ma chi può essere? Nessuno ha questo numero».

«Rispondi, cazzo!».

È il dottor Rizzi, mi dice di aver avuto il mio numero da Tess. Che Tess lo ha pregato di cercarmi. Mi chiede dove sono e se ho bisogno di aiuto. È diverso dal solito, è più "caldo", sembra affannato. Io non apro bocca mentre continua a dirmi che devo fidarmi di lui, che sono in pericolo, che Tess è preoccupata.

Resto in silenzio e riattacco mentre ancora lui sta parlando. Poi estraggo la sim e la sostituisco con quella che ho rubato dal cellulare privato di quella svanita di Laura: lei non lo usa più da quando ha ottenuto l'aziendale.

«Perché hai riattaccato? Chi era?». Luca è sempre più stravolto.

«Nessuno che ci debba interessare».

66

Luca

Non vuol dare soddisfazione a Lisa, non le chiede nulla di quella telefonata. Tanto più che l'ha facilmente fregata. Nei bagni della stazione ha avvicinato un ragazzino con un'aria strafatta e gli ha offerto cento euro per poter usare il suo smartphone. Ha cercato in *Google* il numero del commissariato di Eva, ha chiamato e avvisato l'agente al centralino di comunicarle al più presto che lui e Lisa stanno andando a Sassetot, in Normandia. Tempo dell'operazione: cinque minuti.

Ora sono in treno e lei lo osserva torva. Forse si chiede perché lui non insiste come al solito per avere spiegazioni di quella telefonata. È troppo furba, non le sfugge niente, Luca ormai ha capito di dover stare molto attento con Lisa, così finge di pressarla: «Se non vuoi rivelarmi quello che sta succedendo, non aspettarti poi che io ci sia quando ti torna comodo».

Lei tace. Lo scruta dal basso con disprezzo.

Luca considera quanto Lisa, in pochi giorni, sia cambiata anche fisicamente. Quando l'ha conosciuta aveva un'apparenza decente, era quasi carina, a parte quello sguardo sbieco e torbido. Adesso è una larva: magrissima, con una carnagione grigia, le unghie spietatamente torturate all'osso e un tremore costante, come fosse perennemente in preda alla febbre alta.

Ancora una volta, e solo per un attimo, prova pena per lei, si domanda cosa deve aver passato da bambina. Ma sa che non può cedere. Non può lasciarsi andare. Avverte con lei un pericolo a fior di pelle che soffoca ogni altra sensazione.

67

Eva

«Ci vorrebbe un elicottero per far prima» Eva commenta sospirando la nota che si è trovata sul tavolo da parte del centralino, «ma figurati se Speranzi ce lo consentirebbe».

«C'è un aereo che parte per Rouen fra due ore. Da lì con una macchina in un'ora ci siamo. Sono solo 70 chilometri a Sassetot» considera il Petri mentre studia voli e mappe nel web. «Vuoi che nel frattempo allertiamo i colleghi francesi?».

«Sarebbe giusto, guadagneremmo tempo. Ma cosa possiamo dire? Non sappiamo niente di più del fatto che i due stanno andando a Sassetot e nemmeno in quale dei due paesi, se Le Malgardé o Le Mauconduit. Il telefono sul quale Rizzi ha chiamato Lisa è già stato disattivato. L'unica cosa che possiamo fare è inoltrare alla polizia francese le foto dei due, ma se poi li dovessero fermare tutto si bloccherebbe lì e non sapremmo mai che fine ha fatto Megan Donnelly».

«E una via di mezzo? Tipo: inoltriamo le foto con la richiesta di non fermarli, ma, nel caso improbabile che li identificassero, di seguirli finché non arriviamo noi».

«Buona idea, facciamo così».

Eva si alza, recupera giubbotto e berretto dall'appendiabiti e aggiunge: «Passa questo incarico a Betty, lei parla bene il francese. Noi andiamo subito a Malpensa. Avviso Rizzi che stiamo andando a prenderlo».

«E cosa diciamo a Speranzi?».

Eva guarda il Petri e ride: «Niente. Assolutamente niente. Hai paura?».

«Più che altro non so come giustificare questa nota spese».

«Anticipo io, ne parleremo al ritorno».

Stanno per uscire quando il collega dell'ufficio accanto li ferma: «C'è Nolan da Londra, per te sulla 2!».

Eva rientra e risponde: «Scusa, ho molta fretta, dimmi».

«Keppler ci è sfuggito, volevo avvisarti. Stiamo cercando di rintracciarlo, ma per ora non abbiamo alcun indizio. Tu a che punto sei?».

«Io sto per andare in Francia, in Normandia, sarebbe lunga spiegarti perché».

«In Normandia? Dove?».

«A Sassetot, non so in quale delle due frazioni del paese, ma ho buoni motivi e indicazioni che là si possano trovare dettagli importanti sulla scomparsa della moglie di Donnelly».

«Ma certo!» Nolan esulta, «Dalle nostre indagini risulta che la famiglia Keppler, dagli anni della guerra, possiede proprio a Sassetot una tenuta di famiglia che da qualche anno viene affittata. Si trova a Le Mauconduit dove c'è la casa di Sissi di Baviera. Ti mando per whatsapp l'indirizzo esatto, ci vediamo là».

«Grande!». Eva inizia a vedere un po' di luce.

68

Tess

«Sono Tess, dottor Rizzi…».

«Buongiorno Tess, se vuol sapere di Lisa, ho brutte notizie. L'ho chiamata, ma mi ha chiuso in faccia il telefono senza una parola e ha reso il suo apparecchio irraggiungibile».

«Ha scritto a me, invece. Dice che le manco, che ha la testa in subbuglio, che è schizzata senza controllo, ma che non può lasciare intentata la sua ricerca di Megan. Cosa possiamo fare?».

«Sinceramente non saprei. Se non so dove si trova non posso aiutarla».

«È in Normandia!».

«Allora è vero quello che suppone la polizia italiana. L'ispettore Minetti dice che sta raggiungendo una dimora a Sassetot le Mauconduit».

«E come fa la Minetti a saperlo?».

«È stata un'informazione di un detective dell'Intelligence, sulla pista del probabile assassino del marito di Megan Donnelly. Io so dov'è, perché non ci troviamo là? Andiamo insieme a salvarla».

«Ci sarà anche la polizia?».

«Quella italiana possiamo depistarla, non so garantire per quella inglese».

«Mi dia l'indirizzo. Inizio ad andarci io, poi le faccio sapere se sarà il caso di raggiungerci».

69

Luca

Se non si trovasse in questa situazione indescrivibile, a Luca piacerebbe un sacco passare una vacanza in questi luoghi. Con Megan, magari. A cavalcioni di un muretto in una piazzetta di Sassetot Le Malgardé, sta aspettando Lisa, entrata in un'agenzia turistica con la scusa di chiedere informazioni sugli alloggi liberi da affittare.

Non sono passati più di cinque minuti, quando la vede uscire e raggiungerlo di corsa.

«Non è qui. È al Mauconduit. Questo è l'indirizzo. Andiamo subito» lo aggiorna affannata.

«E come hai fatto a saperlo?».

«Troppo lungo da spiegare adesso, vieni dài!».

Lisa lo trascina per la manica.

«Ho chiamato un taxi, eccolo». Ha gli occhi fuori dalle orbite, il suo tremore diffuso è diventato incoercibile e Luca teme sia sull'orlo di un collasso.

«Io non salgo su questo taxi, devi piantarla di tenermi all'oscuro delle tue scoperte, lo vuoi capire?» grida Luca sotto lo sguardo allibito del tassista.

«Me lo ha fatto sapere Tess, ora sali rompicoglioni?».

Luca la strozzerebbe con le sue mani, chissà cosa c'è dietro a tutta questa storia. Ma sale sulla macchina, a questo punto più per onestà e curiosità che per convinzione.

Dopo pochi minuti, il taxi li lascia davanti a una villa dell'inizio del Novecento, tipica normanna. Tetto a punta e incroci di legno sulle facciate esterne.

È quasi a picco sulla scogliera, Luca non può evitare di apprezzarne la grandiosità e allo stesso tempo la semplicità della struttura. Uno

216

steccato di recinzione solo apparentemente rustico, in legno scuro.

Scendono dall'auto e Lisa si precipita all'ingresso. La porta è aperta.

Luca la segue in silenzio. Entrano. In casa non c'è nessuno, è evidente a entrambi.

Si guardano. «Tu vai a vedere di sopra» gli dice Lisa avviandosi verso la cucina, ma Luca non fa in tempo a salire tre scalini che la sente gridare: «Vieni qui!».

Il pavimento di grandi piastrelle istoriate è invaso dal sangue di un uomo a terra davanti al camino.

«Non toccare niente!» grida dalla soglia Luca a Lisa. Ma lei non sente nulla, è invasata, sta già frugando nelle tasche del cadavere alla ricerca di documenti e prove di un possibile legame con Megan. Estrae un portafoglio, un mazzo di chiavi e qualcosa che Luca non riesce a individuare, poi si gira e lo guarda con gli occhi iniettati di sangue: «Andiamocene».

«E dove vuoi andare adesso? Questa volta dobbiamo chiamare la polizia» prova a dire lui rassegnato.

«La polizia sta già arrivando, a momenti sarà qui. Tu fai quello che vuoi, ma non far perdere tempo a me».

«Cosa hai preso dalle tasche di quest'uomo?».

«La prova di un altro depistaggio di Megan».

Luca è stanco, non ha più nemmeno voglia di discutere. «Come fai a dirlo? Di che cosa si tratta?».

«Se ti interessa seguimi, altrimenti vai a farti fottere. Ora non mi servi più».

70

Eva

All'uscita dall'aeroporto di Rouen Eva avvista subito un uomo con un braccio alzato a reggere un cartello con il suo nome. Gli si avvicina veloce seguita da Rizzi e Petri.

«Eva Minetti? Sono Steve Nolan». L'uomo non è molto alto e la guarda da sotto in su con un'espressione un po' sbalordita. Le capita spesso, pensa lei. Quante volte vien dato molto più peso all'immagine di una persona che alle sue competenze? Ci ha dovuto lavorare molto su questo punto e, in particolare, con gli uomini, decidendo alla fine di non alterare la sua femminilità, ma se mai, accentuarla.

Quindi, gli sorride seduttiva: «Steve! Già qui?».

«Sì, da una vostra collega di Milano, Betty, ho saputo che sareste stati su questo volo e vi sono venuto a prendere per fare prima. Andiamo».

Salgono tutti sulla Range Rover di Nolan che parte sgommando verso le uscite delle autostrade.

«Ci vorrà circa un'ora per arrivare a Sassetot, abbiamo tutto il tempo di aggiornarci» inizia l'inglese.

«Come ti ho detto da Londra, grazie a una telefonata che ho ricevuto da un'anonima amica di Megan Donnelly quando Colin è stato ucciso, le nostre indagini hanno svelato un antico legame fra i Keppler e i Donnelly.

Durante l'ultima guerra, infatti, il padre di Keppler era un disertore tedesco stanziato in segreto nel Suffolk nella proprietà della famiglia Donnelly con lo scopo di ascoltare e tradurre i discorsi dei nazisti che vi erano prigionieri. Fu un'idea di Churchill far trascorrere la prigionia di alcuni gerarchi tedeschi, ignari di essere spiati da loro connazionali collaborazionisti, cosidetti *"silent listening"*, nelle dimore di famiglia messe a disposizione dai nobili inglesi. Ma la nostra pista, per ora, si ferma lì. Voglio dire che non ci è assolutamente chiaro quali fatti oggi possano aver portato all'omicidio di Colin Donnelly e, probabilmente, alla sparizione della moglie».

«Cosa ti segnalava esattamente quella telefonata anonima?» gli chiede Eva.

«La donna denunciava un problema di presunto riciclaggio di denaro di un cliente della banca di Donnelly. Un antiquario, Maximillian Keppler, appunto. Di questo fatto pare che Megan le avesse confidato di esserne al corrente, che fosse molto preoccupata e che avesse spinto più volte il marito a risolverlo, a liberarsene. Quando Colin è stato brutalmente ucciso, l'anonima amica della moglie, ha temuto che qualcosa di simile fosse capitato anche a lei».

Eva non è convinta. Rigira nella mente le informazioni di Nolan insieme alle sue, così vaghe e sparpagliate, sperando di cogliere il particolare che sente stia sfuggendo a tutti.

«E cosa ne pensi di quel dito mozzato al cadavere di Donnelly? Un messaggio trasversale per qualcuno?» butta lì Nolan.

«*Mmmm…* un po' debole» commenta Eva.

Dai sedili posteriori giunge timidamente la voce di Rizzi: «Impronte digitali? Scusate, ma per gli archivi del mio studio ho voluto serrature di sicurezza apribili soltanto con l'impronta del mio indice sinistro».

Eva sorride e guarda il medico illuminata: «Molto più plausibile, anche pensando che si tratta di questioni riservate bancarie. Grazie psico-detective, ragioniamoci».

Petri le si avvicina da dietro e le passa il suo cellulare: «È Betty. Hanno appena trovato un cadavere carbonizzato all'Idroscalo, pensano che sia Megan Donnelly».

71

Lisa

Sangue sangue sangue. Il sangue mi perseguita ancora e mi perseguiterà sempre. Chi è quell'uomo nel sangue? Dov'è Megan? L'ha ucciso lei?

Corro come una pazza sulla strada sterrata che porta al paese, inciampo, cado, mi rialzo, riprendo a correre.

La mia testa è una miccia innescata, non capisco più niente. *Tess... Dove sei Tess? Mi hai detto che saresti venuta qui... Loro sono tornati nel sangue...* Cado di nuovo e resto a terra.

Luca sta gridando: «Dove vai?». Sento i suoi passi dietro di me. Non lo voglio fra i coglioni. Non mi serve a un cazzo. Ora è qui, si inginocchia e mi guarda. «Dove vuoi andare, Lisa?». Parla quasi sottovoce. «Arrenditi, questa è una storia che non ti riguarda, non potrai mai capirci niente, salvati».

Non rispondo.

Salvarmi da che cosa?

Io devo trovarla. Devo trovare Megan. Devo trovare l'origine del Male. Distruggerlo.

Non gli do tempo di reagire: schizzo in piedi e mi butto su un sentierino che scende lungo la scogliera.

Riprendo a correre come posso, ma lui non mi segue più. Sta lassù impalato a guardarmi.

Non so dove porta questo viottolo, ma non ho alternativa. Più scendo e più si inerpica in curve strette tra i rovi. Ho le gambe graffiate nonostante i jeans, le mani contratte e la testa… la testa in un tornado.

Sento fischiettare. È un vecchio che sta camminando in salita verso di me. Quando siamo a un palmo mi guarda e mi parla in francese, io non capisco una parola.

«*Vous est bien?*».

Cerco a gesti di fargli intendere che voglio andare in paese.

«Sassetot? Voilà, c'est là-bas, à deux cents mètres environ à gauche».

Lo ringrazio e riprendo il più rapidamente possibile il sentiero. Mi nasconderò da qualche parte per guardare quello che ho preso nelle tasche di quell'uomo.

Devo fermarmi in un posto sicuro per rilassarmi, riflettere, far abbassare la soglia di furia e tensione che sta per farmi implodere.

Devo chiamare Tess. Dov'è finita? *Perché mi ha abbandonato ancora?*

72

Keith

Lo scalo a Madrid è di undici ore. Keith scende dall'aereo e imbocca il tunnel di sbarco per raggiungere nel terminal la *lounge* della sua linea aerea. Lì penserà come spendere tutto questo tempo morto. Lui ha sempre così tante cose da fare. E se non le ha se le inventa.

All'ingresso della sala ospiti una hostess lo accoglie con gentilezza: «Prego, si accomodi dove vuole. Su ogni tavolo troverà i dati per connettersi al nostro Wi-fi, giornali, liste di cibo e bevande. Non ha che farmi un cenno se gradisce qualcosa».

Lui non risponde. Non parla quasi mai. Si siede in un divanetto d'angolo e attiva il suo notebook.

Inserisce una chiavetta USB e inizia a riverificare per l'ennesima volta una per una le operazioni di recupero dei beni di Megan. È tutto ok. Manca soltanto un'ultima operazione, ma Megan gli ha detto che per proseguire e finire il lavoro è necessaria quella busta che gli ha fatto avere a Milano. Lo faranno insieme.

In pochi passaggi, Keith svuota definitivamente e riformatta la chiave che sta usando: ne ha fatto una copia che ha spedito a una casella postale anonima di San Marino, questa non gli serve più. E anche se difficilmente potrebbe essere interpretata da chiunque all'infuori di lui, è troppo pericoloso portarsela addosso.

«Mister Burnes? C'è una telefonata per lei, può seguirmi?». Keith non si è accorto della hostess chinata su di lui, né si chiede chi potrebbe mai cercarlo lì. La sua testa è ancora immersa nei numeri. Solo quando riconosce la voce di Megan sembra tornare in sé.

È molto sbrigativa: «Hai la busta con te?».

«Sì, sempre in tasca».

«L'hai aperta?».

«Non mi hai detto di aprirla».

«Aprila, perdio! E guarda subito cosa contiene!».

Keith controlla il malessere che avverte al tono della voce di lei. Possibile che non abbia capito che lui fa *solo* quello che gli viene richiesto?

Sfila la busta dalla tasca interna della giacca e la apre.

«Fatto» annuncia.

«E cosa c'è dentro?» domanda Megan al limite della sopportazione.

«Una scatoletta di fiammiferi svedesi di un pub milanese. Corretto?».

«Corretto un cazzo! E io lo vengo a sapere solo ora perché tu sei un deficiente... Dobbiamo cambiare subito programma. Vai in un albergo e aspetta altre indicazioni. Ti farò avere un nuovo biglietto aereo con un'altra destinazione e vaffanculo». Megan gli detta un numero di cellulare: «Non trascriverlo, so che lo puoi memorizzare, e chiamami quando ti sei sistemato».

E lui, come un soldatino, è già pronto. Non si pone domande. Ubbidisce. Come al solito.

73

Luca

La guarda finché di lei non resta che un puntino in lontananza e poi più nulla.

Luca torna sui suoi passi. Non può proseguire questa follia. Rientra alla villa, da lì chiamerà Eva.

Ma dopo qualche minuto, quando svolta il sentiero che porta alla residenza, vede già due auto della polizia locale e un gruppo di agenti che stanno transennando in giallo la zona.

Si avvicina, c'è anche Eva. Che sollievo.

«Luca, dov'è Lisa Traversi?» gli domanda subito la poliziotta.

«Non dovrebbe essere lontano, poco fa è corsa giù da quel sentiero, in uno stato delirante. Non l'ho seguita, non ce la faccio più, ispettore. Faccia di me quello che vuole, io in tutto questo non c'entro niente».

Eva non ascolta una parola in più. «Dica tutto a Petri quando esce dalla stanza del delitto» gli intima, «... *et vous, appelez votre unité canine et lancez un avis de cette photo de la Traversi en tout Sassetot et environs. Elle ne doit pas s'allontaner d'ici*» grida a due agenti francesi prima di fiondarsi sul sentiero seguita da un uomo molto alto che Luca non conosce.

Chissà perché, Luca è convinto che non la troveranno. Lisa è un'anguilla, totalmente invasata, senza freni. È davvero capace di tutto per inseguire la sua folle, inspiegabile ossessione per Megan.

Alle sue spalle intravede il Petri. «Buongiorno architetto, mi vuole raccontare qualcosa? Nel frattempo devo dirle che a Milano, all'Idroscalo, è stato trovato un cadavere completamente carbonizzato dentro a quello che era stata una Fiat Panda. Mi dispiace, naturalmente è irriconoscibile, ma da alcuni indizi sembrerebbe trattarsi di Megan Donnelly».

74

Eva

È abbastanza allenata per tenere una buona media di corsa su quel sentiero, ma non può dire lo stesso per Rizzi che dietro di lei arranca. Eva non può pensarci, e lo lascia indietro. Ci sono parecchie orme a terra, ma troppo confuse. Impossibile stabilire quali siano quelle di Lisa.

Evidentemente c'è un gran viavai di solito qui, e le recenti piogge hanno mescolato nel fango le varie tracce.

Si ferma davanti a un bivio, non sa che direzione prendere e mentre riflette le si accosta un uomo anziano.

«Chercez vous quelq'un? Ce matin est passée d'ici seulement une fille».

Eva gli mostra la foto di Lisa e il vecchio commenta: *«Oui, c'est elle. Elle est allée en centre village, à Sassetot»* e con la mano le indica la strada.

Eva lo ringrazia e riprende la corsa sul sentiero a sinistra, ancora più stretto e più impervio.

Arriva in paese un po' stordita, si guarda intorno. Ci sono agenti ovunque, già allertati dai colleghi alla villa. *Non può riuscire a sfuggirci,* pensa e mostra il distintivo a un poliziotto per avere informazioni.

«Pour le moment, il semble que personne l'a vue au village. Mais nous avons commencé à la cercher depuis peu de temps» le dice l'agente.

Eva gli chiede se hanno verificato alla stazione e naturalmente la ricerca della polizia francese è partita subito da lì, proprio come avrebbe fatto lei. Niente da fare. Nessuno l'ha vista, nessuno le ha venduto un biglietto né un giornale né una bibita o un panino.

«Proviamo a metterci nella sua testa» le sussurra Rizzi, apparso magicamente al suo fianco.

«E come?».

«Secondo me Lisa non è mai arrivata in paese, è troppo intelligente, troppo furba. Sicuramente ha scelto di getto un'altra opzione che non possiamo prevedere».

«Quindi? Cosa consiglia il mio psico-detective?».

«Io penserei all'unica terza possibilità oltre il bosco e il paese: il mare. Da una diramazione di quel sentiero ho visto che si può scendere alle spiagge».

Eva lo guarda sempre più colpita.

«Ci mando degli agenti, subito».

«No, aspetta. Lisa potrebbe vederli e fare qualche pazzia. Ci vado io».

«Tu? Da solo?».

«Sì. Forse con me potrebbe lasciarsi andare e poi non è detto che riesca a trovarla».

75

Lisa

Ho le gambe graffiate, mi si sono aperte anche le scarpe su questi sassi, ma non sento nulla. Continuo a correre. Quando vedo in lontananza il paese, mi fermo. *Ragiona Lisa...* devo recuperare lucidità. Se vado a Sassetot è più facile che venga fermata dalla polizia che di sicuro è già sulle mie tracce.

Guardo alla mia destra, in basso. Laggiù, la spiaggia. È l'istinto a guidarmi e mi butto fra i rovi cercando un passaggio che non esiste per arrivarci. Corro come posso, in una discesa impervia, poi mi lascio andare, inciampo, mi rialzo e infine atterro ammaccata sulla sabbia. Recupero il fiato, sdraiata qualche minuto, e mi guardo intorno. Non c'è nessuno. Vedo solo una barca, ancora lontana dalla riva, ma in avvicinamento. Cerco nello zaino una bottiglietta d'acqua. Sono sfinita, ma non devo mollare. Non mi devono trovare prima che io trovi Megan.

Mi siedo e appoggio la schiena alla scogliera. Ho dolori ovunque, ma devo muovermi, non posso stare qui ancora per molto.

Faccio qualche passo, rasente alla parete del dirupo. La barca che avevo visto arrivare, ha ancorato a qualche metro dalla riva.

Mi avvicino. C'è solo un ragazzo con un'aria da stordito che armeggia con le cime. Mi avvicino, provo a parlargli, ma è dura senza conoscere la lingua e io ho fretta, troppa fretta.

«*Bonjour*». Non risponde. Mi guarda e basta. È proprio stordito. Gli mostro una cartina e con un dito gli indico dove vorrei andare.

Mi guarda ancora. Senza alcuna espressione.

Che palle. Apro lo zaino e gli faccio vedere una mazzetta da duecento euro e sempre pensando di spiegarmi con un sordomuto cerco di fargli capire che pago il passaggio.

Con un gesto il tipo mi indica di salire in barca e inizia a ritirare l'ancora.

Ce l'ho fatta, grazieadio.

È un pescatore e sulla barca c'è una puzza che uccide.

Gli segnalo che vado sottocoperta per riposare un po', lui naturalmente non fa alcun cenno.

La barca è già in movimento verso il largo e io sto per scendere la scaletta, quando mi sento chiamare forte dalla spiaggia.

«Lisa! Aspetta!».

È Rizzi! Che ci fa qui?

Il ragazzo non fa una piega, nemmeno si volta, e punta dritto davanti a sé.

76

Megan

Questa volta è incartata. Lisa l'ha fregata. Senza quella scatoletta non potrà mai recuperare il resto dei brillanti, la parte più ingente del patrimonio Stern dopo *"Pink Lady"*. Megan è furiosa. Pensa e ripensa come comunicare con quella disgraziata.

Naturalmente il suo numero di cellulare non è più attivo. Controlla i social e trova un profilo Facebook di Lisa senza alcun movimento da almeno un mese. Troppo rischioso contattarla da lì attraverso Messenger.

Naviga nei suoi contatti e scopre alcuni gruppi ai quali la ragazza è connessa, forse lì c'è una possibilità. È comunque molto imprudente, ma Megan non vede altra strada: apre un nuovo account come *Bubba79* digita freneticamente un messaggio destinato a più gruppi per creare confusione fra i quali due soltanto legati a Lisa.

Bubba79 > Gruppo nomadi dei sogni> Persi e ritrovati > Gruppo Conta su di me > #bufale?

"Buongiorno a tutti, chiedo il vostro aiuto per recuperare un oggetto che probabilmente ho dimenticato quattro sere fa al raduno di Milano (per gli altri taggati: in un pub in zona Città Studi). È una cosa piccola, una scatolina, e io ero al tavolo d'angolo, vicino alla terrazza. Chi mi può aiutare? Non ha valore economico, ma solo affettivo per me, quindi prego chi l'avesse trovato di riconsegnarmelo al più presto! Aiutatemi, contattatemi qui: bubba79@gmail.com! Condividete il più possibile questo mio post! Grazie".

Ora non le resta che aspettare e Megan detesta aspettare. Chissà poi se Lisa scoprirà il suo post. E come potrebbe reagire?

Quella scatolina è un'arma irrinunciabile per la ragazza, sicuramente la userà per ricattarla. Sente montare un odio estremo e una rabbia folle anche verso se stessa: come ha potuto fare un errore così marchiano consegnandole la busta?

Per non parlare di quell'idiota di Burnes. Megan ora deve trovare velocemente un modo per mettere insieme i pezzi di questo disastro, ma per una volta non ha la minima idea di cosa fare.

È ormai troppo lontana e da lontano le possibilità di agire sono minime.

Potrebbe rinunciare al resto dei brillanti, ma per niente al mondo lo farebbe. Lo sa.

77

Lisa

Rizzi mi ha visto, e ha visto anche la barca. Non sono più al sicuro qui. Torno in coperta e tento di spiegare al ragazzo che dobbiamo cambiare programma. Lui mi guarda, sembra che abbia capito tutto da solo, e mi mostra di nuovo la cartina con un luogo circolato in rosso.

Non è molto lontano da qui. Sembra un assembramento di case a picco sul mare. Gli faccio un cenno di assenso e torno in cabina. Mi devo affidare, non ho scelta.

Mi sdraio in cuccetta. Sono a pezzi, ma è la testa che proprio non va. È come se i pensieri si spezzassero e si attorcigliassero come serpi l'uno con l'altro. Mi manca il respiro, ma non ho paura. Mi sostiene la volontà di trovare Megan. Di fargliela pagare. Di distruggere con lei tutto il male che ho subito.

Tiro fuori dalla tasca le cose che ho sottratto a quell'uomo morto. Un portafoglio pieno di soldi in contanti e un passaporto.

C'era anche una fede nuziale, l'unica cosa che ho lasciato sul cadavere. All'interno erano incise una data e la scritta *"Megan e Colin"*. Un'altra buona idea di depistaggio da parte di Megan. Minetti dovrà dunque credere che sia lui il suo assassino?

Esplodo a ridere da sola e scarico un po' di nervi prendendo a pugni un cuscino.

La barca vira all'improvviso verso la costa, dall'oblò la riva mi pare ormai molto vicina. Il ragazzo si affaccia e mi segnala di andarmene subito. Dovrei buttarmi in mare vestita e con lo zaino, secondo questo pirla?

«*Vite , vite! Tu dois aller aussitot! On a informé la garde-cote*» e mi indica la radio di bordo.

Giusto, hanno avvisato la guardia costiera francese per fermarci. Infilo lo zaino in un sacco impermeabile che il ragazzo mi allunga, gli passo i duecento euro pattuiti e veloce come il vento mi butto in mare.

Devo fare in fretta e nuotare non è mai stato il mio forte, ma devo farcela. Devo resistere.

78

Eva

Lisa è sparita nel nulla di nuovo. Sembra incredibile. Ora, in questo ufficio della *Géndarmerie* di Sassetot, Eva ascolta in silenzio l'interrogatorio del giovane pescatore che l'ha traghettata per un tratto sulla sua barca.

Il ragazzo insiste di essere stato minacciato con un coltello e costretto a imbarcarla finché, a un certo punto vicino alla costa, lei si è buttata in mare.

Verosimile, purtroppo.

Gli agenti francesi con l'unità cinofila per ora non hanno concluso nulla ed Eva sa che prima o poi molleranno l'osso. Non è stata Lisa a uccidere Keppler, arrivata sul luogo del delitto almeno dodici ore dopo la sua morte, e il suo caso non riguarda la Normandia.

L'omicidio di Keppler sembrerebbe essere soprattutto territorio di Steve Nolan il quale ha avuto conferma della sua ricerca: in una piccola botola nel pavimento della villa, infatti, la polizia francese ha trovato la documentazione completa del riciclaggio di denaro di Keppler. Ora dovrà indagare sui fatti che hanno portato il tedesco a fuggire a Sassetot e su chi può aver incontrato qui. I maggiori sospetti riguardano la scrittrice inglese che ha affittato la dimora e della quale non si è trovata traccia.

Alla polizia italiana spetta di collaborare con l'inglese per ricostruire i fatti dei delitti dei due Donnelly a Milano.

Megan è morta carbonizzata e Mara Fini, l'anatomopatologa, ha affermato che sarà molto difficile risalire al suo riconoscimento definitivo attraverso il Dna. Del corpo non è rimasto quasi nulla, disgregato da un fuoco devastante provocato dall'esplosione dolosa all'interno della Panda che lo conteneva.

Tuttavia alcuni dettagli indicherebbero che si tratti di lei. L'arcata dentale, per esempio, che corrisponde alle lastre del suo dentista londinese e i resti fusi di un bracciale di Tiffany che Megan portava sempre.

Luca è una vittima, questo è sicuro. Si è trovato nel posto sbagliato nel momento sbagliato. Ora può tornarsene a Londra o dove vuole, annichilito e con il suo sogno d'amore definitivamente spezzato.

E Rizzi ha perso l'occasione di salvare la sua paziente, all'inseguimento senza sosta, folle e distruttivo dei suoi demoni.

È abbattuto, vinto. Poco prima ha detto a Eva che secondo lui non la ritroveranno mai più.

79

Lisa

La spiaggia in questo punto è deserta. Devo muovermi subito, nascondermi da qualche parte. Mi stanno cercando. Avranno anche i cani, ci scommetterei. Mi guardo intorno, non c'è nemmeno una baracca, un riparo.

Pensa, Lisa, pensa...

Vado verso la scogliera, cerco un sentiero. Guardo in alto e vedo una strada. Non sembra lontanissima. Devo arrivare lì e trovare un passaggio.

Via, via. Il più lontano possibile da qui. Ovunque.

Continuo a camminare velocemente, rasentando la roccia. Non sento la stanchezza né il dolore alle ferite delle gambe né l'umidità dei miei vestiti bagnati né il peso dello zaino.

Sono in totale *burn-out*.

La mia testa è una bomba.

Prendo a salire attraverso i rovi, ecco, ci sono quasi.

L'ultimo sforzo e mi trovo ai bordi della strada. Vorrei sdraiarmi un attimo, ma non posso.

Aspetto nell'ombra che passi qualcuno. Non c'è molto passaggio qui. Meglio così.

All'improvviso sbuca da una curva un carro agricolo. Sembra un grande trattore che trasporta del fieno. Appena mi sorpassa mi attacco al rimorchio e salgo. Facile, va a passo d'uomo. Mi infilo nel fieno e mi ricopro. Scenderò più avanti quando individuerò un luogo giusto.

Sarebbe il mezzo ideale questo, non fosse che sicuramente si fermerà in qualche cascina nei dintorni.

Ora stiamo attraversando un piccolo villaggio, ho appena visto il cartello di un affittacamere.

Che faccio? No, troppo presto, siamo ancora alle porte di Sassetot. Rischio e aspetto.

Andiamo avanti con una lentezza esasperante... e laggiù che cosa c'è?

Un motel?

Sembra molto piccolo, qualcosa per camionisti? Sulla strada non c'è nessuno. Scendo dal rimorchio dalla parte opposta dell'edificio, vado a vedere.

Sono impresentabile, ora anche ricoperta di frammenti di fieno.

Meglio che prima mi sistemi un po'.

Levo alla svelta la felpa e ne prendo un'altra dallo zaino. Mi lego i capelli sotto all'*hoodie*, metto gli occhiali da sole e cerco di eliminare il più possibile polvere e residui di fieno dai pantaloni e dalle scarpe.

Così può andare.

Alla reception c'è una donna grassa che legge un fotoromanzo e nemmeno mi guarda.

«Voulez vous une chambre?».

Non rispondo e le mostro i documenti di Laura, lei fa un gesto come a dire che non servono e non alza gli occhi dal giornale.

Che culo.

«Combien de nuits?».

Credo di intuire che voglia sapere per quante notti mi fermerò e le mostro pollice e indice: due.

«Le prépayement tout compris c'est de cent euro, premier étage, à droite» aggiunge consegnandomi la chiave numero 12.

Una camera, finalmente. Non è fantastica, ovvio. Molto scrausa, direi. La tappezzeria fa veramente schifo. Però ha un bagno, una doccia e soprattutto un letto, anche se mezzo sfondato. Mi ci sdraio subito e butto lo zaino in un angolo.

Sono arrivata al limite.

Sto sbroccando, ma non riesco a dormire, sono troppo schizzata. Recupero il cellulare dallo zaino. L'ho tenuto spento fino adesso. Mi connetto solo per qualche attimo anche se non ci possono essere novità essendo un numero non rintracciabile.

Do una veloce occhiata ai miei social e mi appare subito la notifica di un post dentro a un gruppo che di solito seguo per controllare le eventuali, frequenti bufale che girano sui cani… è sicuramente lei! È Megan!

L'ho messa nella merda.

Apro un account temporaneo, tess@gmail.com e rispondo subito: *"Ho trovato io l'oggetto. Aspetto istruzioni a questa mail"*.

80

Keith

Non si è allontanato troppo dall'aeroporto. Keith sa che con Megan tutto è possibile e nei tempi più stretti immaginabili, e ha preso una camera in un hotel destinato dalle compagnie aeree ai passeggeri che devono fare scali lunghi.

È ancora scosso dal tono acido dell'ultima telefonata con lei, ma non riesce ad andare oltre alla sua delusione.

La vuole negare. Non riesce a giudicare, è ancora troppo ancorato a tutto quello che *prima* Megan gli ha regalato di sé, a tutto quello che lui pensa di aver fatto per lei, al loro amore.

Sta per entrare nella doccia quando sente squillare il cellulare.

«Sono io».

Nemmeno lo saluta. Keith pensa che deve essere proprio arrabbiata e non riesce a rispondere.

«Devi ripartire subito… ma ci sei, cretino?».

Keith raggela: «Sono qui, ti ascolto».

«Prossima destinazione, immediata, Bruxelles, aeroporto *Charleroi*. Trovati al check-in segnalato sul biglietto elettronico che ti ho già inviato sulla tua mail criptata per un volo domani sera alle 20,30. Nella *lounge* della *Delta Airlines* incontrerai la ragazza che ti aveva consegnato quella stramaledetta busta a Milano. *Devi* fartela consegnare, a qualunque costo. Sarai in grado?».

È troppo sprezzante, Keith è sconvolto.

«Lo farò».

«Te lo auguro, altrimenti non ti consiglio di prendere quell'aereo.

81

Bruxelles- Aeroporto Charleroi

Lisa

Sono seduta nella sala d'attesa dei check-in della *Delta Airlines,* come ci sono arrivata fin qui?

Una follia. È la mia follia. Da tre giorni non chiudo occhio, non mangio e non bevo, ma sto per vedere la fine. Sto per distruggere il Male.

Vorrei dirlo a Tess, a Rizzi, a tutti.

Appena ricevuta la risposta di Megan alla mia mail, ho cancellato tutti gli account, ho chiamato un taxi e ho spento il telefono. Mi sono fatta portare a Rouen dove mi sono imbarcata sul primo volo per Bruxelles.

È nella *lounge* della compagnia che dovrei consegnare la scatolina a un tizio che mi avvicinerà. Parola di riconoscimento: "Megan". Ma non hanno calcolato che io non ho un biglietto, quindi non avrò la possibilità di accedervi. Devo risolvere la faccenda in questa area dell'aeroporto e il più rapidamente possibile.

Sono in anticipo e ne approfitto per andare a rinfrescarmi alle toilette. Mi guardano tutti un po' straniti, devo avere un aspetto orribile.

Infatti lo specchio mi rimanda l'ombra di quello che ero. Distrutta. Magra. Grigia. Sporca. Allucinata.

Sciacquo il viso con acqua fredda, provo a pettinarmi, cambio di nuovo la felpa, anche calze e scarpe, e lascio i vestiti che ho tolto dentro un contenitore.

Mi alleggerisco.

Vado al bar a prendere un panino e due birre, devo tenermi in forze il più possibile, non so cosa mi aspetta, anche se un'idea me la sto facendo. La sto lentamente costruendo.

Metto una delle due birre nello zaino e vado a mangiare dove ero seduta prima.

Non perdo una mossa dei movimenti delle persone in transito, ma per ora nessuno mi avvicina.

«Megan».

L'uomo è dietro di me. Non sono stata abbastanza attenta.

È un tipo alto e smilzo che con la testa mi indica l'entrata della *lounge* della *Delta* proprio di fronte a noi.

«Io non ci posso entrare, non ho un biglietto, tantomeno uno di prima classe».

L'uomo sembra confuso, incerto, non dice niente.

«Vieni con me. Prima ho ispezionato le toilette, mi sembrano il luogo ideale per parlare».

Mi alzo, lui non sa bene cosa fare, ma alla fine mi segue.

«Non abbiamo niente da dirci io e te» sussurra, «tu devi solo consegnarmi qualcosa».

Tum tutum tum tutum...

Il mio cuore sta per saltare.

Se c'è gente sono fottuta.

Se lui mi aggredisce alle spalle sono fottuta.

«E tu cosa mi dai in cambio?» azzardo mentre entro nello spazio disabili.

Non c'è nessuno, faccio passare anche lui e chiudo la porta alle nostre spalle.

Lui tace, mi guarda fisso: «Dammi quella scatola».

«Certo, è nello zaino. Poi però mi dici cosa ne ricavo».

Tum tutum tum tutum...

Mi chino, afferro la bottiglietta di birra, faccio un salto e con tutte le mie forze gliela picchio in testa.

Lui mi guarda semitramortito, forse più per lo shock che per la botta. Lo stordisco del tutto con un altro colpo talmente forte da frantumare la bottiglia, poi lo imbavaglio e gli lego mani e piedi strettamente con della corda. Prendo la sua borsa ed esco dal bagno. Dall'esterno, con il piccolo piede di porco usato da Luca per entrare al 25, dove è iniziato tutto, spacco la serratura che rimane bloccata.

Nessuno si è accorto di nulla.

Ora non mi resta che scoprire chi è questo uomo e dove stava andando.

82

Caraibi- Isola di Santa Lucia

Megan

La casa è straordinaria: un lodge coloniale inglese sulla riva dell'oceano, ex proprietà di uno scrittore londinese che vi si era rifugiato negli ultimi anni della sua vita. Megan l'ha comprata a scatola chiusa, senza nemmeno vederla prima. Ci starà bene, ne è sicura.

Qui si godrà la sua ultima identità, Amanda Fiennes, giovane ereditiera australiana, con conti criptati sparsi dalle Cayman alla Svizzera.

Ma non può ancora immergersi pienamente nella nuova vita. Finché non vedrà comparire oltre le palme dell'ingresso Keith Burnes con quella chiave, non potrà mettere la parola fine a questa lunga storia. Vuole essere serena, vuole che fili tutto liscio come l'olio, ma deve averne la certezza assoluta.

Burnes è un fidato perfezionista, un esecutore maniacale di ciò che lei gli ordina, il fatto che non abbia aperto quella busta lo dimostra, anche se ha mandato quasi a puttane la fase finale di tutto.

Megan soffoca l'ansia con il pensiero che fra un'ora arriverà Matthew, l'istruttore americano di tennis. Stesa sul lettino a bordo oceano, ride un po' sguaiata sorseggiando un cocktail: ammazzerà piacevolmente il tempo dell'attesa fra una lezione e una salutare scopata, Keith non arriverà prima di stasera.

«Amanda Fiennes?».

Ancora non è abituata al suo nuovo nome e perde qualche secondo a voltarsi.

Lisa? Non può essere… Cosa è successo?

«Che ci fai qui? Da dove sei entrata?».

«Non disperdiamoci in inutili spiegazioni».

La ragazza è irriconoscibile, il suo volto è stravolto in una smorfia di disprezzo. Apre il pugno e mostra a Megan la scatolina. «Volevi questa, no? E io te l'ho portata. Deve essere molto importante per te... Quanto sangue contiene?».

Megan è totalmente spiazzata, il suo cervello gira a vuoto per trovare una soluzione. Cerca vicino a sé la borsa dove tiene un piccolo revolver, ma poi si ricorda di averla lasciata in camera.

«Che cosa vuoi da me?».

«Per ora, qualcosa di fresco da bere. Fa caldo e io ho fatto un lungo viaggio». Lisa sorride di sbieco con lo sguardo acceso dall'odio, «magari parliamo un po' e poi mi faccio una canna... in questo magnifico posto te le tirano dietro per strada».

Megan la osserva senza rispondere, per una rarissima volta nella sua vita avverte quasi paura. Non capisce le intenzioni di Lisa. Sente solo la potenza della sua follia che le toglie il fiato.

Si alza dal lettino lentamente e, senza levarle gli occhi di dosso, entra in casa.

Il personale di servizio non c'è, oggi ha liberato tutti per l'appuntamento con Matthew. Nessuno può aiutarla.

Megan cerca invano con gli occhi qualcosa di utile per colpire la ragazza che ora è dietro di lei.

Finge tranquillità e si avvicina al frigorifero.

«Spostati, faccio io».

Lisa la chiude con il suo corpo nell'angolo fra il muro e il piano cucina. Apre il frigorifero ed estrae una brocca di tè freddo. Ci beve direttamente e poi la getta per terra mandandola in mille pezzi.

Megan si accorge solo ora di un forte odore di gas. Lisa deve essere passata prima, deve aver aperto le bombole, non c'è altra spiegazione…

«In aereo ho letto che hanno trovato il tuo cadavere carbonizzato. Pare che sia proprio tu, lo avrebbe confermato il tuo dentista a Londra. Chi è quella donna?».

«Sono io, naturalmente… dài Lisa, parliamo, lascia che ti spieghi».

«Attenta: se non mi rispondi, mi accendo subito la canna».

«È Vera Milani, la donna che frequentava la palestra al 25».

«Uh che grande idea! Vi somigliate, infatti, fisicamente. Ti sei lavorata anche i dentisti?».

«Ho scambiato le sue lastre con le mie. Tengo sempre i referti medici con me, li avranno comodamente trovati in casa senza disturbare il mio dentista a Londra».

«E non pensi che ora la cercheranno come persona scomparsa? Scusa, ma sono molto curiosa».

«Senti… spegni prima il gas, poi parliamo di tutto».

«No. Prima racconta».

«Vera vive a Palermo, ma viaggia moltissimo, era a Milano di passaggio. E, fra gli altri appuntamenti, ne aveva uno proprio con il suo dentista di fiducia. Era previsto che ripartisse il giorno dopo. Almeno per un bel po' non la cercherà nessuno, non ha famiglia. Ora vuoi chiudere il gas e darmi ciò che mi appartiene?». Le parole le escono a raffica, una sopra l'altra. Megan sta tremando. Non sa se di rabbia o di terrore.

«Eh no, adesso è arrivato il momento di farsi una canna. Vieni più vicino a me, siediti qui». Lisa le mostra un accendino.

In un secondo Megan le si lancia addosso, ma lei si scansa con uno scatto impensabile. Con una mano getta dietro di sé la scatolina e con l'altra stringe l'accendino, sembra un demone impazzito. E grida, grida come un'ossessa: «Credi che non ti abbia vista, la sera del tuo "omicidio", ridere nell'ombra? Eri lì, vero? E pensavi di fottermi… Chi sei tu? La burattinaia del Male? Il Male finisce sempre nel fuoco, lo sai?».

Megan è ormai nel panico. Quando vede il pollice di Lisa avvicinarsi alla rotella dell'accendino, non pensa più a niente e si scaraventa fuori, corre come una pazza oltre il patio, poi sulla spiaggia e si tuffa in mare appena in tempo per sentire un boato che scuote tutto e fa piegare le palme su se stesse. E subito dopo vede lingue di fuoco altissime innalzarsi dalla casa a contaminare il cielo smaltato dei Caraibi.

Epilogo

Eva

Da quasi un mese Eva è ormai rientrata a Milano e la vicenda Donnelly sembra essersi circoscritta a fatti da approfondire per cercare legami e moventi che abbiano un senso.

Nel suo ufficio, si scompiglia i capelli, non smette di pensarci. Qualcosa le sfugge. Qualcosa non torna. Qualcosa le fa continuare a rivedere passo passo i fatti, così come li ha vissuti.

Sulla lavagna magnetica davanti alla sua scrivania, ha costruito un percorso cronologico con note scritte su post it, frammenti di cartine geografiche, fotografie, ritagli di giornale. Conosce ogni passaggio a memoria, gira e rigira gli elementi di punta, ma ogni volta non riesce a esserne convinta.

Quasi non si accorge che il suo cellulare sta vibrando. È Rizzi.

«Ciao, come stai?».

«Confusa, e tu? Sempre abbacchiato?».

«Adesso che ti sento, meno, ma ti confesso che la vicenda di Lisa mi ha lasciato addosso un forte senso di frustrazione. Proviamo a distrarci? Ceni con me?».

«Sì, che bello».

«Allora passo fra poco, sono già le otto».

«Non ho tempo di andare a casa a cambiarmi, vengo io, in moto. Dove andiamo?».

«Da *"Arlati"* fra un quarto d'ora?».

«Arrivo».

Quando lo vede già in attesa all'ingresso del ristorante, Eva prova un brivido di gioia. Ha molta voglia di averlo vicino, di toccarlo, di sentire la sua voce.

Si baciano sulle guance ed entrano nel locale.

«Solito tavolo, dottore?».

«Sì, grazie. Ci dia qualche minuto però prima di ordinare… vuoi un calice di prosecco, Eva?».

Lei sorride, annuisce e si siede. «Dobbiamo brindare?».

Lui le prende entrambe le mani nelle sue.

«Sì, dobbiamo brindare. Ho un regalo per te».

«Un regalo?» Eva sbarra gli occhi sorpresa.

«Un grande regalo…».

Lei ride e lo fissa negli occhi in aspettativa.

Lui le passa la stampa di una mail.

"Buongiorno dottore, sono Tess, tengo anzitutto a dirle che ho fatto quello che lei mi ha suggerito e mi sono finalmente ricongiunta a

Lisa. Non è facile, ma mi sto impegnando ad aiutarla, a capirla e, come dice lei, a tenerla per mano.

Lisa mi ha chiesto di farle avere un messaggio da inoltrare all'ispettore Minetti. Glielo giro, così come l'ha dettato a me: "Eva, peccato non esserci conosciute, lei mi piace, ma non mi cerchi più: quando riceverà questa mail, sarò definitivamente irrintracciabile. Scomparsa. Per sempre. Prima però voglio farle un regalo perché sono sicura che lei sa combattere il Male con armi pure. Per questo merita di sapere che ho lasciato tutte le mie e le sue risposte sul caso Donnelly chiuse in una toilette per disabili, ai check-in della Delta Airlines *all'aeroporto* Charleroi *di* Bruxelles, *insieme alla persona che gliele fornirà. Io non posso dire di essere pienamente soddisfatta (per ora), ma lo voglio augurare a lei.*

Buona vita, Lisa".

Eva si aggrappa alle mani dell'uomo che ama, è emozionata e fa per alzarsi.

Lui la trattiene: «Aspetta… perdonami, ma volevo che per te questa fosse proprio una sorpresa. Ho ricevuto la mail due ore fa e ho avvisato subito Petri, per non farvi perdere tempo. Lui si è accordato per andare a recuperare il tizio, da allora in stato di fermo a

Bruxelles perché senza documenti. Chiamalo, fatti spiegare tutto, ma possiamo tranquillamente finire di cenare insieme stasera. Come ti senti?».

«Curiosa, e tu?».

«Sconfitto, ma sono felice per te».

Eva si allunga sul tavolo e lo bacia sulla bocca.

«Parliamone a letto, ti va?».

Tutto è iniziato così

Ogni romanzo nasce da incontri, sensazioni, visioni, esperienze dell'autore e, se pure "ogni riferimento a persone e fatti reali è puramente casuale", sarebbe più corretto da parte mia dire che per me non è mai del tutto così.

L'idea di "Cattiva" prese forma quando, vicino a casa mia, incontrai una bellissima ed elegantissima signora inglese che, uscendo di corsa da una villetta, si buttò a terra per abbracciare entusiasta il mio Bulldog inglese Theodoros.

Racconto infatti lo stesso episodio, esattamente com'è avvenuto, anche nel mio libro "Theodoros, il cane venuto dalle stelle", storia magica della sua adozione (#readingwithlove 2020).

Ma cosa mi colpì di quella donna? Fu il fatto che quando ci salutammo lei disse al mio cane: «Allora, ci incontreremo spesso, io abiterò qui per un po'». Invece, non solo non la vidi mai più, ma quella casa, esattamente dal giorno dopo, non fu mai più abitata!

Fu così che, all'improvviso, una miriade di appunti da tempo sparsi nella mia mente, iniziò inesorabilmente a riordinarsi e a costruire la trama di questo libro.

Confesso di aver filtrato e distribuito emozioni e sensazioni di ciò che realmente ho conosciuto nella mia vita fin qui anche nei luoghi che descrivo e, soprattutto, in tutti i personaggi, perché altrimenti non avrei saputo farli vivere in questa storia.

Quello di cui sono sicura, è che nessuno potrà mai riconoscersi.

SB

Grazie

Tante persone hanno contribuito a rendere "Cattiva" pubblicabile.

Anzitutto, Alessandro Nodari, grande amico e mio compagno nell'entusiasmante avventura di #readingwithlove. Sorprendente creativo, e ancora più inaspettato nella veste di prezioso editor di questo libro.

La lettura-test di Camilla Marinoni, scrittrice, grande sostenitrice e partner delle nostre iniziative, mi ha fatto ripensare ad alcuni punti di questo romanzo.

Mio marito, Mario Nodari, da sempre mio primo lettore, questa volta è stato particolarmente severo. Tenerne conto ha migliorato il mio lavoro.

Linda Bello, avvocato, ha controllato che non scrivessi imprecisioni parlando di questioni legali.

Voglio ricordare anche l'amica Elisa Fabbrizzi che, fra una chiacchiera e l'altra, in un lungo momento di stallo che non riuscivo a superare è riuscita a farmi intravedere uno sbocco originale.

Grazie sempre a Sara Gianoncelli che forse non sa fino a che punto sia importante per me la sua spinta costante a farmi scrivere.

Ringrazio di cuore i miei personaggi che anche questa volta ho amato al punto di avvertirli accanto a me quasi reali.

Infine, ringrazio tutti i lettori che sceglieranno di leggere e commentare nel bene e nel male "Cattiva", unici "proprietari" del mio lavoro.